カルア・
スカーレット
フィルに仕えるメイドで
『寄り添い』の魔術師

俺は
影の英雄
じゃありません！
世界屈指の魔術師？
……なにそれ（棒）

俺は影の英雄じゃありません！

世界屈指の魔術師？
……なにそれ（棒）

I am no hero of the shadows!

Kota Kaedehara
Illustration by Heiro

VOL. 3

楓原こうた
Illustration
へいろー

I am no hero of the shadows!

Kota Kaedehara
Illustration by Heiro

the
s! 3

CONTENTS

I am no Hero of Shadow

Design by Shinya Oshiro

プロローグⅠ

アビ・ビクランは一人、陽がよく差す部屋で静かに紅茶を飲んでいた。

ゆっくり、優雅に。平民出身であるにもかかわらず、どこか品位を感じる様は貴族のようだった。

貴族の誰かにでも教わったのだろうか？　それとも、紅茶を嗜む機会がよくあったのだろうか？

きっと、この世界のほとんどがその経緯については知らないはずだ。

知人も、家族も、たった一人誰よりも仲がよかった親友でさえも、アビが紅茶を嗜むようになったことを知らない。

何せ、彼は死んだことになっているのだから。

しかし、それでもこの世で一人だけ彼が紅茶を嗜むことを知っている――

「また紅茶を飲んでるの？」

静かな部屋に、新しい声が響き渡る。

白髪の少年は静かに視線を向けると、部屋の入り口にはアメジストの髪を携えた少女が修道服姿で現れた。

「好きなんだ、紅茶。シャナに教えてもらってからさ」

「だからといって、飲みすぎだと思うよ。普通、ティータイムにしか飲まないもん」

「今はティータイムじゃないのか」

「残念なことにね。私が帰ってきた時点で夕刻でしょ？　外見てないの？」

　指摘されて初めてアビは外を見る。

　確かに、いつの間にか日も落ち始めて茜色の景色が窓越しに映っていた。

「本当だ。まったく、時間が経つのって早いものだね。そういえば、人は感覚を頭に全部置くと体内時間と外的時間がズレてしまうものなんだってさ」

「考え事をしたりした時の話？」

「うん、そうだね。考え事だけじゃなくて夢中になってすることだったり、こうして何もかも感覚を放棄して味覚だけ楽しんだり。授業が嫌いな子供がこのコツを覚えると、あっという間に帰宅時間だ」

「なにそれ、よく分かんない」

「大丈夫、僕もよく分かっていないから」

　シャナと呼ばれた少女は肩を竦めると、アビの対面に座る。

「……そういえば、君を拾ってからもう何年経つんだろ？」

「その言い方だと、僕は迷子の犬みたいだね」

「犬の割には、全身ズタボロだったけど。感謝してよ？　聖女である私じゃなかったら、君はとっくに死んでたんだから」

「感謝してるよ、本当にね」

カタッ、と。ソーサーにカップが載る。

「だからこそ、君について行くって決めたんだ。何をするにしても、どこに行くとしてもさ」

「…………」

アビの言葉に、少女は一瞬だけ口を噤んだ。

そして――

「今更だけどさ、いいの？　私になんかついて来ちゃって？」

「いいよ、別に。僕が君を守ってあげたいんだ。もう、英雄はすでに代替わりしちゃったから、誰も怒ったりしないよ」

「君も英雄じゃん」

「誰かの英雄ってだけで充分だよ。だから、君のやりたいようにすればいい」

「…………」

「守りたいんでしょ？　だから、いいさ……そういう君だからこそ、僕は拳を握りたい」

アビは優しく微笑む。

かつて『英雄』とまで呼ばれた天才が、多くの人間ではなくたった一人の少女に向かって。

それが何を意味しているのか？　残念なことに、その言葉の重みを青年以外誰一人として正確に把握はできないだろう。

だけど、シャナだけは重みを理解しなくとも意味だけは正確に把握していた。

「……頼もしい味方だね」

少女は小さく口元を綻ばせると、その場から立ち上がった。

「準備はもうできたよ。決心も、今ついた」

「そっか」

「うん、だから――」

瞳は揺れず、真っ直ぐに窓の外へと向けられた。

誰に告げるわけでもなく、同意を求めるわけでもなく、ただただ揺るぎない想いだけ乗せて。

「私は魔術師を滅ぼす。たった一人の……友達《まじょ》を救うために」

プロローグⅡ

カルア・スカーレットには一つの理想があった。

望む相手と一生添い遂げたいという、乙女心から生まれた壮大な理想。

魔術師としての土俵に立った彼女の刻み名は『いついかなる時でも望む相手と寄り添えるための力を』。

望む相手とは一体誰なのか？　そんなの、言うまでもない。

あの日、あの時……自分のために寄り添ってくれた彼と、自分は寄り添いたい。

それは、ずっと変わらないままだ――


「かっかっかっ！　にしても、俺たちゃ運がいい！　標的《ターゲット》が一人でほっつき歩いてくれてたんだからよォ！」

野太い男の声が、ボロボロの馬車の中に響き渡る。

それに続いて何人もの男が、同じく気分が高揚したかのように笑い始めた。

先程まで匂っていたはずの香水の匂いも、料理の匂いも何も感じられない。何日も体を洗っていないような刺激臭が、少女の鼻を叩く。

「依頼人はカルア・スカーレットを生きたまま連れて来いって話でしたよね？」

「そうみてェだな！　どうやら、俺らの依頼主はこの女に大層お熱らしい！　まァ、気持ちは分からんこともないがな……こんな美少女は滅多にお目にかかれねェ！」

「なら、つまみ食いはどこまで許してもらえますかね!?　食べちゃっても依頼には反してないでしょう！」

「それもアリかもなァ！　俺らで先に味わっとくか!?　生憎と調味料はねェが、素材がいいから美味いだろ！」

「本当に依頼主に怒られないか、適当な言い訳を作ってからですぜ！」

汚らしい品のない会話。

聞いているだけで、吐き気をもよおしてしまう。

けど、その場にいる赤髪の少女はその男達を非難することもできなかった。

何せ、深紅のドレスに見合わない頑丈なロープで両手両足を結ばれ、口には変な味がする布切れを噛まされているのだから。

(私はもうダメ、なのかしら)

パーティーの最中、ちょっと抜け出しただけなのに。

今となっては、むさ苦しい男達と行き先もわからない片道切符で相席をする羽目になってしまった。

――少女は容姿が整っているからといっても、まだまだ子供だ。

明らかな誘拐の当事者になってしまえば、心に沸き上がるのは貴族としての誇りではなく、逃げ出したいという恐怖のみ。

（お父様……お母様……）

今頃、自分がいなくて捜してくれているだろうか？

早く来て――なんて願いは、今に至るまで何度もした。

何度もしたというのに、その返答は一向に返ってこない。

（今まで、あまり思ってこなかったけど……一人って、こんなにも心細くなるのね）

当たり前にいた味方も誰もいない。

近くにいるのは、明らかに自分を害そうとする敵だけ。

安心材料などどこにもなく、不安材料だけが積もりに積もっていく――それ故に、少女の心は徐々に弱っていった。

助けてという思いから、徐々に諦めへと変わり……やがて、違う感情に変わっていったぐらいには。

（寂しい、寂しいわ……誰も、私の隣にいない。誰も――寄り添ってくれない）

助けなんて望まないから。

せめて、自分の心を軽くしてくれるために横にいてくれれば。

ひんやりと冷たい馬車に揺られながら、少女の瞳から光が失せていく。

「そんじゃ、早速いただくとするかァ！」

どうでもいい建前だけ並べた話し合いが終わり、一人の男が少女に手を伸ばす。

不安も恐怖もある……しかし、どうにもならないという諦めが、少女に抵抗させるだけの力を奪っていった。

ただただ、迫る手を見ながら一つ。

（私に、寄り添ってくれないかしら……）

こんな状況でも、私のために誰か。

こんな状況だからこそ、少女は温かさを求めた。

願いが変わった。

命よりも、寄り添ってくれる誰かを望んだ。

だからだろうか？　その時――


『見つけた』


ガッシャアアアアアア！！！　と。馬車の天井が、真っ二つに割れた。

「な、なんだっ!?」

『名乗るかよ、クソが。人の幸せを簡単に奪いやがって』

割れたと同時に降ってきたのは、一人の少年だった。

どこか汚れている黒装束に、特徴も何一つない無柄のお面。

現れた少年は、まず先にと近くにいた男の鼻っ柱へと蹴りを放った。

「あがッ!?」

『まず一人』

馬車は狭い空間だ。必然的に少し動けば誰かに手が届き、少しの衝撃が馬に影響する。

未だに走っていること、何故か馬車が急に止まってしまったことが不思議ではあるが、今は気にしている余裕はない。

「敵襲だ！」

「武器を持て！　相手は一人だ！　殺しちまえ！」

「死に晒――――グッ!?」

『二人目』

突然現れた襲撃者に、男達はそれぞれ武器を構えた。

しかし、少年の拳が合間を縫うようにして飛んでくる。狭い空間にもかかわらず、見事な体捌《たいさば》き……男達は的確に急所を少年の手足によって叩き込まれた。

だが、体格差があるため一発でＫＯというわけにはならず、再び立ち上がっては武器を構える。

『いや、ちまちま相手にするのはめんどくせぇ――――一気に片をつける』

少年の足元から黒い水溜まりが生まれた。

底など見えない、沈めばどこまで沈んでいくのかが予想できない。

そんな水溜まりから、今度は無数の腕が生まれた。

「な、なんだごりゃァ!?」

「こいつ、魔術師か!?」

『綺麗で奇抜だろ？　伸ばすための手がこんなにある……楽しい楽しいおままごとも、これならちゃんと全員纏めて付き合ってやれるよなァ？』

不気味な現象に驚愕し、怯《おび》え始める男達を無視して少年は獰猛《どうもう》に笑う。

『さぁ、その手で縛れ！　か弱い女の子の自由を奪う輩には縛りを設けろ！　自由こそ、俺が魔術師であらんとするための理想だ！！！』

――縛《シバ》ノ手《テ》、と。

少年がそう口にすると、男達の体に無数の手が伸びた。

手、足、頭、首。ありとあらゆる部位を掴んだ手は、そのまま勢いよく馬車の壁へと叩きつけ、今度はその壁を突き破って地面へと思い切り投げられた。

「〜〜ッ！！！」

あちらこちらから、声にならない悲鳴が聞こえてくる。

馬車の壁は外の景色を映し、その穴から叩きつけられた男達の様子が見えた。

運悪く臓物が飛び出てしまっている者、運がよく血を流す程度で終わっている者。更に運がよく、気絶で済んでいる者。子供に見せることが憚《はばか》られそうな絵図が広がる。

――その場にいた少女は、それまでの光景を見てどう思ったのか？

安心？　恐怖？　ざまぁみろ？　いや、どれも違う。

『馬車は縛っておいたから横転する危険もねぇ。さっさと帰ろうぜ、こんな場所でダンスを踊るわけにもいかんだろうからな、煌《きら》びやかなシャンデリアがお嬢さんを呼んでるよ』

――嬉しかったのだ。

身の危険がなくなったことに対してではなく……自分と、同じ場所にいてくれそうな人が現れてくれて。

ゆっくりと、自分の縄を解いてくれている人であれば、私に寄り添ってくれるのではないか、と。

少女は布切れを取ってもらったタイミングで、口を開いた。

「あなた、は……？」

『ん？』

「……私に、寄り添ってくれる？」

それでも、どこか不安は残っていて。

縋るように、現れた少年のお面を見つめた。

すると――

『それでお前が幸せにいられるのなら。望む時に、望む場所で寄り添ってやるよ。それが『自由』ってもんだろ？』

――少女の瞳に、涙が伝った。

あぁ、よかった。

寄り添ってくれるのね、と。

今までにない気持ちを抱きながら、少女は端麗すぎる顔に笑みを浮かべた。

こんなにも寄り添ってくれる人がいるだけで嬉しいなんて思いもよらなかった。

自分ですらこうなのだ――きっと、誰もがそう思ってしまうのではないか？

そして、もし自分が抱いた気持ちを知ってもらうのであれば、教えてくれた人に返してあげたい
――少女の胸の内に、何故かその想いが沸き上がる。

「ねぇ、あなたは誰……？」

『お面をつけている時点で察しろよ、知られたくないんだよ。迷子捜しも、匿名ボランティア活動の一種だ』

「……そう」

――それはダメだ。

それでは、自分はきっと心の底から寄り添えないと思う。

故に、少女は手を伸ばした。

「ねぇ、お願い……」

伸ばされるとは思っていなかったのか、少年の止めようとする手は少し遅い。

「私に、寄り添わせて」

そう言って、少女――カルア・スカーレットは、『影の英雄』と呼ばれる男のお面を取った。

もしも、だ。

もしも、自分がこの男と寄り添えると確信に変わる証拠が手に入ってしまった時、自分の理想はどうなるのだろう？

私の理想が叶ってしまえば、私は魔術師としていられるのだろうか？　ただの女の子に戻ってしまうのだろうか？　それとも、私は役立たずになってしまうのだろうか？

ねえ、フィル――

（あなたは、それでも私に寄り添ってくれる？）

バカンス

「休みたあああいッッッ！！！」

開口一番、開幕早々。

サレマバート伯爵領の一室にて、聞き慣れた叫びが響き渡る。

耳に届いた屋敷の住人は「またか」と再び作業に戻っていく一方で、よき相棒と自他共に認める赤髪の少女だけはメイド服を翻して大きなため息をついた。

「いきなり何？　絶叫コンテストの開幕宣言？」

「そうだね、一緒に頑張ろう☆　じゃねぇんだよマニアックな大会に参加してねぇんだよこっちはああぁああっ！！！」

サレマバート伯爵家嫡男、フィル・サレマバートは執務机に向かって頭を抱える。

可愛らしかった新しいメイドがすぐさまいなくなってはや一ヶ月。そんな日の昼下がりのことだ。

「ここ最近の俺を見てみろ!?　部屋にいれば毎日仕事と格闘！　外に出ようと思っても黄色い歓声が交通規制を行っているかの如く行く手を阻む！　そんで回れ右したかと思えばまた仕事……あれ？　ブラック企業じゃない？　飴とムチじゃなくてムチとムチのお職場じゃない!?」

語らないわけにもいかないため先んじて語っておくが、この男――実は『影の英雄』と呼ばれる世間のヒーローだ。

困っている人間や助けを求める人間がいれば颯爽と現れ、名乗ることなく立ち去っていく。

その正体は誰も知らず、御伽噺《おとぎばなし》と噂話でしか耳にすることがない立派な英雄。

しかし、ある日を境に『影の英雄』としての正体が露見し、一躍国王よりも人気な超有名人と化してしまった。

自由を理想とする魔術師でありながらも、今や王族並みに人目が注がれる存在である。

「仕方ないじゃない。可愛い妹分がお兄ちゃんが「凄い」ってことをアピールしちゃったんだから。よかったわね、お兄ちゃん冥利に尽きて」

「よくねぇんだなぁ、これがぁぁぁぁぁぁぁぁぁぁぁぁぁぁぁぁぁぁぁぁぁぁっ！！！」

先日、ライラック王国の第三王女がやって来たことがあったのだが、その際あれやこれやあってしまった。

真面目に語ると、隣国の王族が現れ、魔女を追い求めるために拉致が発生。またしても英雄らしく拳を握り、懐いてくれた可愛い妹分を救ったのだ。

それがあったからか、『人徳』に長けた少女は感極まり、ついに大好きなお兄ちゃんのいいところを広めて回った。

おかげで誰よりも好かれやすい女の子の話は一斉に広がり、再び世間から注目が集まるようになったのだ。

ほら、窓の外を見てごらん？　見えるでしょ、『影の英雄』様大好き！　って垂れ幕と大勢のギャラリーの姿が。

「妹がお兄ちゃんを褒めてくれるのは嬉しいよ!?　でもさ、ただただお使いしに行くのに密着二十四時が起きたらどう思うよ!?　寄り道だってできないじゃん！」

「その寄り道、一応聞いておくけど……どこに行くつもりなの？」

「え、娼館」

「目を食いしばりなさい」

「歯じゃなくて目を食いしばるとは!?」

新しい用語の完成であった。

「それで、休みたいって言ってるのはいいけど……具体的にどう休むのよ？　仕事は？」

「一応、仕事はやりたくもないのにやらされているからな。いつでも放り投げられるぐらいの量ではある」

「だったら、どこか旅行でも行く？　もしご要望なら、いくつかリストアップしておくけど」

カルアは掃除用具をしまう。

公爵家の令嬢であるとはいえ、今は自らメイドという使用人のポジションにいる。

主人の願いであれば、一時の願いであってもその願いを叶える必要があった。

気分転換がてらの旅行先がお望みであれば、交通手段や宿など探さなければならない。

しかし――――

「そこに関しては大丈夫。もうすでに旅行先は決めているのだよ、相棒さん」

そう言って、フィルは机の引き出しから一つの手紙を取り出した。

ただの手紙でありながらも、綺麗な装飾があしらわれている。

それは、どこか正式な立場から差し出された招待状のような――

「アリシアからさ、水上都市にご招待されたのよ。ちょっくらひと夏の思い出を作るためにバカンスとかしませんか？」

◆◆◆

――水上都市。

世界的大宗教の総本山。教会の本部である大聖堂が構えており、その島には信徒しか生活していないという。

海産物が有名であり、多くの商人や観光客が集まっているため観光地として多くの人間が行き交っていた。

しかし、足を運べるのは一部の信徒から招待があった者のみ。

いくら観光客が多いとはいえ、信徒から「信頼されている」と証明されない限りは、有名なスポットに足を踏み入れることはできない。

そのため、今まで自由人であるフィルも足を運んだことがなかった。

しかし――

「まさか、教会の総本山に足を踏み入れることができるとはね……」

靡く赤い髪を押さえながら、カルアは口にする。

現在、カルアは船の上。海風が心地よく、潮の香りが漂う新鮮な空気を感じていた。

フィルが休みたいと喚き散らしたことにより、急遽決まった慰安旅行。その目的地である水上都市へ、現在カルアは船を使って向かっていた。

「おぼぼぼぼぼぼぼっ！」

その最中、人目も気にせず口から虹を出している男が一人。

フィル・サレマバート。船酔いしてしまう体質だと、今日初めて知った男であった。

「ほら、フィル。膝枕でもしとく？」

「……しとく。枕ほしい美少女の」

そう言って、フィルは船の上の椅子でカルアの膝の上に頭を乗せた。

柔らかい感触と、見上げた先の美少女の顔にフィルは吐き気をもよおしながらも思わずドキッとしてしまった。

ただ、それは口に出した瞬間気恥ずかしくなるので言わないでおくが。

「くそぅ……水上都市に俺の仲間がいれば、こんな船なんか使わないで片道五秒のらくらくお出掛けができたのに……ッ！」

「嫌よ、そっちの方が私は酔いそうだもの」

「……人は楽を得るために何かを犠牲にしなければいけないのか。こうして文明も発展していったんだな」

「船の技術って凄いわよね。これも文明の発展のおかげ」

「あと少し酔わない方で発展してくれたら、お兄さんは喜んでいたよ」

はぁ吐きそう、と。船の上で絶賛気持ち悪さと闘《たたか》っているフィルは嘆いた。

船上には多くの観光客らしき貴族や商人の姿がある。この中の何人かは信徒なのか、服の上に首から下げられているロザリオがよく目立っていた。

それにしても、大きな船に見合うぐらいの人の多さだ。先程から海風と一緒に聞こえてくる話し声が途切れることがない。

(なんかイベントでもやんのかね……？　まぁ、いいや。それよりも早く時間が経つことだけ考えよ)

馬車で片道五日、港町から船で半刻。旅行らしい遠さの中、向かうのは世界的宗教の総本山。

初めて訪れる場所だからこそ、せっかくの機会だ。なんとしてでもこの半刻を乗り切らなければ。

「そういえば、家にザンを残してきたけど大丈夫だったの？」

カルアは膝枕をしながら脳内で子豚の姿を思い出す。

「大丈夫だろ。我が父がそろそろ帰ってくる頃だったし、番犬がいりゃ小屋から飛び出したい子豚も大人しくなる」

「珍しいわね、フィルのお父様が戻ってくるなんて。休暇？」

「いんや、どうやら俺の婚約話を纏めたいらしい。ほら、最近えげつないぐらい俺のところへ婚約話がきてただろ？　それが父上のところまできてるみたいでさぁ」

「……婚約」

フィルの何気ない言葉に、カルアの表情が固まる。

いきなり表情が止まったカルアが視界に入り、フィルは少しだけ首を傾げた。

「どうかしたのか？　別に今更な話だろ」

一時期「カルアと婚約しています！」などと口にしていたものの、実際問題婚約の話は纏まっていないのでそろそろ本腰を入れないといけない。

そもそも、そこら辺の事情もカルアは知っているはずだ。どうして今更考えることがあるのか？と、素直に不思議であった。

「フィルは、その……誰かと婚約、するの？」

「いつかはするだろ。一応爵位を継ぐ人間なわけだし、子供は残さなきゃいけないし。ただ、すぐに決めるってわけじゃねぇよ。父上が帰ってきたのも、単純に精査したいだけだろうしな。あんな父親でも、なんだかんだ息子の意思を尊重してくれるからさ」

その言葉を聞いて、カルアは思わず安堵してしまった。

まだ大丈夫だと、頭の中で己に言い聞かせる。

「って話になると、カルアがメイドじゃなくなる日も近づいてくるわけだよなぁ」

「えっ？」

「えっ、じゃねぇだろ。カルアだってそろそろ身を固めないといけないんじゃねぇの？　俺より家督が上な公爵家のご令嬢でしょうに」

カルアがこうしてメイドとしているのも、あくまでカルアの我儘が成立しているからだ。

公爵家のご令嬢ともなれば、フィル以上に婚約の話は重く受け止めなければならない。

第一王子と婚約するか、はたまたどこぞの貴族と婚約するか。

もしくは――

「メイド辞めても、俺の家には遊びに来てくれよ？　じゃないと俺っち寂しいだァ!?」

――額を思い切り殴るか。

「何すんの!?　え、今何したの!?　そういう流れじゃなかったよ、どっからどう見ても！」

「……ばか」

「あれ、俺に非がある感じ!?」

カルアは口を尖らせてそっぽを向く。

まぁ、いい。こいつが愚鈍なのは今に始まったことではない。ある意味己にも非があるのだから、これぐらいで我慢しておこう。

カルアは自分で殴ったフィルの額を優しく撫で始めた。

（……けど、ちょっと嫌だって思う俺もいるんだよなぁ）

そう思っていた時、ふとフィル達の下へ一人の老齢の男性が近づいてきた。

「お兄さん達、どうじゃ船の旅は？」

世間話でもしたいのだろうか？　それとも宗教の勧誘か？　いずれにしても声をかけられて返事しないわけにもいかず、胸に下がっているロザリオを横目に口を開いた。

「そうなんですよ、知り合いが招待状をくれたもんで」

「かかっ、そうか！　お兄さん達もいい時に招待されたのぉ。ほれ、酔い止めの飴ちゃんじゃ」

男は懐から二つの飴をフィルに手渡してきた。

毒を盛ってきたか、なんてことは考えない。流石にこのあからさまに犯人が分かってしまう状況で毒を盛ろうなどと普通の犯罪者は思わないからだ。というか、この気持ち悪さが紛れるなら毒でもいいから早くほしい。

純粋な好意だろうと、フィルはお礼を言って飴玉を受け取り口へと放り込んだ。

爽やかなブドウの香りが口の中に広がったものの、すぐに吐き気が収まることはなかった。即効果が出る飴ではないらしい。

「すみません、それでいい時と言うのは？」

フィルのために残しておこうと飴をポケットに入れたカルアは男に尋ねる。

「お兄さん達は新しい教皇様が誕生したことは知っておるか？」

「一応は」

長い間教皇の席が空白だった状態が、ついに破られた。

『裁定派』と『保守派』。昔、そんな派閥争いに巻き込まれそうになったことがあるフィル達も、一応新聞で見聞きしたことがある。というより、ミリスから送られてきた手紙によって大方の情報は耳にしていた。

『裁定派』トップの大司教の人道から外れた行いが発覚し、『裁定派』はなし崩しに瓦解した。

当然だろう。聖女を戦地へと赴かせ、なおかつ同じ聖女を使って暗殺を企てたのだ。

信徒関係なく犯罪者であり、正義を大事にする『裁定派』の疑念と嫌悪が膨れ上がるのは必然。派閥がなくなるのも理解できる。

それによって『保守派』の勢いが加速し、ついに教会の大半が『保守派』の人間となった。

結局、長い派閥争いは『保守派』が制し、そのトップたる大司教が新たな教皇として選ばれたのだ。

「それで、近いうちに教皇の就任式が行われるんじゃよ。おかげで、観光客も関係者もごぞって集まりよる。水上都市も、稀に見る大盛り上がりっぷりじゃ！」

「ほぉ、そんなイベントがあるのか」

フィルは感心したように頷く。

正直教皇の就任式などあまり興味はないが、水上都市が盛り上がっているというのは興味が湧く。

フィルは自由人であるのと同時に遊び人だ。盛り上がった時ほど楽しいイベントが目白押しだということを知っている。だからこそ、テンションが上がらずにはいられなかった。気分は最悪だが。

「もし時間があったら見に行ってみるとよい！　新しい教皇様は、なんと最年少で席に座ったお方じゃ！　お前さんらとそう歳も変わらんしの！」

「それは凄いわね」

「あぁ、俺らと同じ歳ぐらいで教皇っていうのは驚きだな。どうやら『保守派』の大司教が少女っていう噂は本当だったらしい」

世界最大宗教。その影響力は国一つを動かすほどであり、この世に多くの信徒を抱えている。

その中のトップともなれば、かなりの信頼と実績が求められる。

故に、まだ己と同じ歳でそれらを他者に認められるほど積み上げ、教皇にまで登れたのだから本当に凄いことだ。

教皇や宗教に興味がないフィルですら、今の話を聞いて興味が湧いてしまう。

「噂と言えば……」

「はい？」

「お前さんら、どこかで見た顔じゃな。そう、新聞で見かけたような気がするんじゃが」

おっと、雲行きが怪しくなってきたぞ。

「……気のせいでしょう。俺達はどこにでもいる平民出身の幼なじみですよ」

「お嬢さんがメイド服を着ておるぞ？」

「そ、そういう趣味なんです……」

「ええ、趣味です」

「ほぉ～、そういう人もいるんじゃのぉ」

しかしやっぱりどこかで見たことがあるような気がするんじゃが、と。男性は腕を組んで一生懸命頭を悩ませていた。

　その姿を見て、フィルは余計に気持ち悪くなったような気がした。

　どうしてギャラリーからのパパラッチを避けるために遠路はるばるバカンスしに来たのに噂に中《あ》てられなければいけないのか？　やだよ、そんなの。だからわざわざ貴族らしくない格好で平民としてやって来たっていうのに。こんなことならカルアの駄々を無視して普通の服を着させればよかった――なんて愚痴が内心で延々と出てくる。

「ぐ、具合が悪いので俺達は失礼してもよろしいでしょうか……？」

「おぉ、すまんかったな、こんな老いぼれの話に付き合わせてしもぉて。ゆっくり休んできなさい」

「……あざっす」

　フィルはカルアの膝の上から頭を上げ、そそくさとその場を離れた。

　船上には屋根付きの日陰がしっかりと設置されており海の景色を堪能したい人が多いせいか、まだ誰も座っていなかった。

　あそこでしばらく人目を避けて休もう。まだまだ船は動き出したばかりなのだ、なんとしてでも凌がなければ。

「やっぱり、フィルの顔ってかなり知られているのね。一躍有名人の名前は片道五日を優に超える距離まで届いているみたいよ」

「どっちかというと、一部のコスプレイヤーのせいで紐づけられそうになっただけだろ」

はぁ、と。フィルは大きなため息をついた。

陸に上がっても注目されませんように。そんな願いを密かに切に願いながら、フィルは日陰へと入っていった。


とはいえ、そんな密かな切な願いなど届かなかったみたいで——船に揺られること半刻。

「フィル、く〜ん！　会いたかったよぉ〜！」

「あっ、キラお姉ちゃん！　走っちゃダメですよ！」

ようやくの思いで陸へと足をつけることに成功したフィルの下へ、開幕数秒そんな声が耳に届いてしまった。

四方を全て海に囲まれた島は煉瓦で造られた住居が団地のように続き、あちらこちらに教会が建っている。港には市場のようなものが展開されていて、多くの人達が行き交い賑わいを見せていた。

海風が直接肌を撫でている最中、視線の先に映ったのは駆け足でやって来る金の装飾をあしらった修道服を着た二人の姿。

ウィンプル越しから覗くプラチナブロンドの髪は肩口まで切り揃えられ、おっとりとした表情とは裏腹に大人びた雰囲気を感じる。何よりも目を引くのは、一際サイズの大きい大槌だろうか。異彩を放つ武器は軽々と非力そうな女性の肩に担がれ、真っ直ぐこちらへ向かってくる。

もう一人は小柄で愛らしい少女だ。月を連想させる金の長髪は揺れ、必死に女を追いかけるために可愛らしく走ってきている。

端麗であどけなさが残る顔立ちは胸をくすぐり、どこか小動物を連想させる。しかし、こちらは愛らしさとは裏腹にどこか触れてはいけないような謎の雰囲気を醸し出していた。

とはいえ、琥珀色の双眸は女を追いかけながらも輝いており、表情からは嬉しさが滲んでいる。

巷で『影の英雄』とも呼ばれているフィル・サレマバートは、この二人に酷く見覚えがあった。

――世界的宗教、アリスト教。

その中で、神からの恩恵を直接賜っている象徴的人物。

世界でたった四人しかいない聖女であるミリス・アラミレア。そして、同じく聖女でありながら『正義』をテーマとする魔術師、キラ・ルラミル。

そんな総本山で最も注目されている二人が、何故かフィルの目の前へ走ってきていたのだ。

「（……なぁ、俺っち海と戯れたいんだけど、今からそこでダイブしていい？）」

「（服の替えが今ないからダメよ、諦めなさい）」

「（……ですよねー）」

目立ちたくないフィルは離脱を図ろうとしたものの、アイコンタクトできっぱりとカルアに拒否されてしまった。

おかげでもう一度つきたくもないため息が零れる。

「ひっっ、さしぶり～！」

そんなため息マスターになりそうな野郎のことなど気にせず、キラは走ってきた勢いのままフィルへと抱き着いた。

ふくよかな感触が一身に押し寄せてくる。いやはや、これはこれで悪くないと思ったフィル。

一方で、額に青筋を浮かべながら「ダイブさせればよかった」と後悔するカルア。

そして、抱き着いたキラはフィルの胸に頬擦りをしてとてもご満悦であった。

そのあとすぐ、追いかけて来たミリスも合流してくる。

「はぁ、はぁ……ダメじゃないですか、キラお姉ちゃん。人がたくさんの場所で走ったら危ないですよ」

「え～、私はこれでも運動神経は抜群なお姉ちゃんなのに」

「そういう問題じゃないんです！」

確かに、大槌を振り回して数多《あまた》の悪党を葬り去っていたキラが今更雑多な人混みを走りながら潜り抜けるなんて容易かもしれない。

但し、それが他人の迷惑にならないかと言われれば別の話。

お姉ちゃんと言いながらもお姉ちゃんの面倒を見ているミリスは頬を膨らませた。

しかし、それもすぐさま可愛らしい満面の笑みへと変わっていく。

「お久しぶりです、フィル様っ！　またお会いできて嬉しいです！」

「眩しい……ッ！　この笑顔がシャンデリアのようにとても眩しいっ！　そんで胸に伝わる感触が豪華なクッション……ハッ!?　まさかここはＶＩＰルーム!?」

「寝ぼけたことを言っている瞳は覚ましてあげる必要がありそうね」

「ねぇ、なんで君はそんな執拗に目ばかり潰そうとするの？」

嫉妬に駆られた女の子の行動に戦慄を隠し切れないフィルであった。

「まぁ、いいや。っていうか本当にお久しぶりですね、聖女様方。できればもっと違う場所で再会したかったですけど」

「更に有名になっちゃったわね、フィル。周囲の目がたくさん……私までアイドルになったみたい」

「俺、マネージャーポジがいいなぁ」

聖女二人が一人の男と出会っている。あまつさえ、その内の一人は猫のようにじゃれついているときた。

信徒だらけの街でこんなことが起これば注目されるのは必然。かといって、こんな可愛い知人を無下にはできず、フィルは人目を極力気にしないよう会話を続けた。

「お久しぶりです、ミリス様、キラ様」

「はいっ、お久しぶりですカルアさん！　お会いしたかったです！」

「カルアちゃんも、お久～♪　また背がおっきくなった？」

「育ち盛りなのです。できれば、他の部分も大きくなってほしいのですが……」

そう言って、カルアは己の胸に視線を落とした。

「「…………」」

なんとも反応しづらい空気が漂う。今のキラでさえ、頬を引き攣らせて苦笑いを浮かべるだけであった。

「フィ、フィル様！」

気まずい空気を一刻も早く切り替えるために、ミリスは慌ててフィルの方へと向かう。

「はい、なんでしょう？」

「久しぶりの再会ではあるのですが、何故か話し方が……その、距離を感じます！」

はて、距離を感じるとはどういうことだろうか？　フィルは思わず首を傾げる。

もしかしなくても、己の畏まった口調のことを言っているのかもしれない。しかし、それはミリスと出会った時から変わらないものだったはず。

「いや、ずっと俺はこんな感じだったのですが――」

「ミリス、とお呼びください！　それと、カルアさんと同じような態度で接していただけたら嬉しいです……」

「うーむ……しかし、そうすると関係各所から番組後に呼び出しを食らいそうなんですが」

「大丈夫です！　スタッフさんには私が強く言い聞かせておきますので！」

「えー」

別にフィルとしても堅いより砕けた方がやりやすいことこの上ないのだが、相手はいかんせん聖女だ。

誰もが手を合わせて拝むような存在に「Ｈｅｙ，久しぶり☆」など言えば不敬だと怒られてしまう恐れがある。

目立ちたくない余計なことはしたくないフィルにとって、関係各所からの冷たい目は受け付けることを容認できそうにもなかった。

「あっ、お姉ちゃんも砕けてほしい～」

「キラ様まで」

「だって、私の代わりに悪党を倒してくれるんでしょ？　もう、気を遣われる相手じゃないと思うんだけどなぁ～」

　フィルはそう言われてグッ、と言葉を詰まらせる。

　向けられるのは、聖女二人によるキラキラとした上目遣いの眼差し。

　これだけで世の男は大金を積んで感謝しそうになるほど、この光景はあまりに眩しかった。

　だからこそ、フィルはしばらく葛藤したあとに折れてしまう。

「はぁ……これでいいか、キラ、ミリス」

「うん、おっけ～」

「はいっ！」

　嬉しそうな返事を聞いて、思わず苦笑いを浮かべるフィル。

　そんなに砕かれてほしかったのか。フィルは改めて女心が分からないと、内心で愚痴を吐いた。

「カルアさんも、是非！」

「私は一介のメイドですので。可能であればこのままでいさせてもらえると」

「あぅ……そうですか」

　シュン、とミリスはうな垂れる。

　しかし、メイドとして譲れない一線なのか、守ってあげたくなるような姿を見てもカルアは表情を変えずに言い切った。

「そういえば二人は元気にしてたか？　確か、巡礼してたって話は聞いてたけど」

「はいっ、元気にしてました！　フィル様とお別れしたのは寂しかったですけど、巡礼中はキラお姉ちゃんとずっと一緒だったので！」

「お姉ちゃんは可愛い妹とずっと一緒にいた～」

「へぇ～、手紙にも書いてあったが、随分と仲良くなったもんだ。現に「お姉ちゃん」って言ってるし」

　確か、前に会った時は「さん」と呼んでいたはず。

　今はキラの名前を呼ぶ時は「お姉ちゃん」と付けており、それだけ関係が変わったのだと窺える。

「えへへっ、やっぱりキラお姉ちゃんは私にとってお姉ちゃんみたいな存在ですので」

「ういうい、嬉しいこと言ってくれるにゃぁ～」

「ちょ、キラお姉ちゃんっ！」

　いきなり頭を撫でられ、ミリスは慌てて手を払おうとする。

　しかし、満更でもないというのがありありと姿から感じ取れた。

「っていうか、キラも巡礼はするんだな」

「私は巡礼っていうよりも、罰則《ペナルティ》？　懲罰？　だからねぇ～。ほら、ミリスちゃんを殺そうとしたわけだし」

「サラッと重たい過去を振り返らすな」

今でこそこうして仲のいい雰囲気を見せているが、派閥争いの中でキラは過去にミリスを狙おうとしたことがあった。

己の信じる『正義』を執行するため、フィルに阻まれたものの善良な人間を殺そうとした。それは自他共に認める事実である。

そのため、キラは新しい教皇からの罰則によってミリスの巡礼に同行することとなったのだ。

善良な人間を殺そうとした人間にしては罰則が軽いと思われるだろうが、教皇やミリスからしてみれば、キラは『多くを救おうとした優しい女の子』。

失敗を糧に正しい道へ進んでくれればいいと、優しい決断で充分だと判断した。

教皇としては、改心した人間に殺そうとした人間といることで罪悪感を覚えさせることこそを罰則にしているみたいだが。

「もうしないよ、絶対に」

キラはフィルの胸に顔を埋めながら口にする。

「悪い人は、皆私の英雄《フィル》くんが倒してくれるって言ってくれたしね」

「…………」

どこか熱の籠った再度の言葉に、フィルの顔は少し朱に染まる。

フィルはミリスだけでなく、キラという女の子も救った。

確かに己が言った言葉ではあるが、改めて女の子から言われると気恥ずかしい。

そのため、またしても少し変わった空気を誤魔化すかのように別の話題を振った。

「ごほんっ！　それで、どうして二人はここにいるんだ？　なんか出迎えの準備までしてる感じの登場だったが……」

そうだ、今日はあくまで普段の疲れを癒すためにアリシアから招待を受けてバカンスに来ているだけ。

ミリス達がいるかもと思ってはいたが、出迎えてくれるとは思わなかった。

連絡もしていないため、こうやって出会うのは少しおかしい話。

だからこそフィルは不思議に思ったのだが、一方でミリス達も同じように首を傾げた。

「あれ？　フィルくん達知ってたんじゃないの？」

「へ？」

「私達、教皇様から教えていただいてフィル様を出迎えに来たんですよ？」

はて、なんで教皇が自分達のバカンスを知っているのだろう？　フィルは余計に疑問に思う。

「ねぇ、ミリスちゃん。ちゃんと教皇様言ってたよね？」

「はい、そもそもフィル様達を招待したのは教皇様ですし」

「「へ??」」

今度はフィルだけでなくカルアまで同じように首を傾げてしまった。

そして、カルアは持ち前のアイコンタクトでフィルへ質問を投げる。

「（ねぇ、あなた教皇と知り合いだったの？）」

「(いやいや、そんな知り合いじゃないって。なんで俺がわざわざ目立つポジの人と仲良くしよーって話になんだよ嫌だよ無理無理)」

「(まぁ、あなただったらそうよね)」

「(第一、俺がこの招待状をもらったのはアリシアっていう可愛い女の子から……)」

そう言いかけた最中、ふとフィルのアイコンタクトが止まる。

脳裏に浮かんだのは、可愛らしい銀髪のご令嬢。全員が信徒である伯爵家の一人で、偶然助けたことによって知り合った。それで、確かフィル達と同い歳ぐらい――

「……なぁ、ミリス」

「なんでしょうか！」

「……新しい教皇様ってさ、なんて名前だっけ？」

恐る恐る、フィルはミリスに尋ねる。

すると、彼女はどこか誇らしげに元気よくこう言ったのであった。

「アリシア・アメジスタ様ですっ！」

◆◆◆

「いやぁ～、そういえば言ってなかったねぇ～！」

水上都市に着き、何やら巨大な大聖堂へとミリス達に案内されたフィルご一行。

豪華絢爛、ステンドグラスに覆われた空間を歩き、最も奥に位置する部屋へ通された瞬間、目の前にはこれまた見覚えのある少女が座っていた。

但し、以前見た美しいドレスとは違い、白を基調とした大きめの祭服を着ている状態で。

「（なぁ、これって結構タチ悪くね？　サスペンスにしてはまったく予想外の人間が犯人すぎて読者が追いつかないやつじゃね？）」

「（多分、読んだほとんどの人がクレーム入れるわよね。特にこうして重い空気すら感じさせないあの笑顔とか）」

フィルとカルアは仲良くアイコンタクトを飛ばしながら頬を引き攣らせる。

大聖堂、その玉座とも呼べる奥の間に腰を下ろすのは正真正銘、世界的宗教であるアリスト教のトップ。

初めに聞いた時は冗談かと思っていたが、こうして威風を感じさせる祭服を見れば信じざるを得ない。

「改めてちゃんと自己紹介をした方がいいのかな？　アリシア・アメジスタです。『保守派』の大司教をしてました！」

どやぁ、と。効果音でも聞こえてきそうな表情で胸を張るアリシア。その横では、ミリスとキラが笑みを浮かべてこちらも可愛らしく手を叩いていた。

「お前、この前会った時そんなこと言ってなかったじゃん……なんかさも「私は普通の信徒です

♪」みたいな空気醸し出してたじゃん」

「嘘は言ってないよ？　私、嘘って結構嫌いだもん。アメジスタ家は全員信徒だし、広義的に考えたら、教皇も大司教も信徒だからね」

「おい、なんか子供の屁理屈な感じに聞こえたんだけど、俺の空耳？」

　フィルは大きくため息をつく。

　まさか、自分の知り合いがこんな大物だったとは。可愛らしい令嬢だと思っていたし、ここに来るまではウキウキだったのだ。

　色々な側面で裏切られたような気分で、フィルの気分はブルーだ。

「あのね、こう見えても意外と悪かったなって思ってるんだよ？　いきなり言われてもビックリしちゃうだろうし、黙っておくのも気が引けるし。かといって公表しちゃうと、色々気苦労が増えるからさぁ」

「気苦労？」

「そりゃ、私は前まで実質教会のナンバー2だったんだよ？　この若さの女の子をほしがる人なんていっぱいいるわけでして……そこら辺は、フィルくんにも共感してもらえると思うんだけど」

「あぁ、確かに理解できる」

　フィルみたいな自由きままな生活を送りたいがために『影の英雄』だと黙っていたこととは違うが、意味が重なることはある。

　ここ最近、フィルに婚約の話が多く集まってきていることを見れば分かるだろう。

世界的に影響を与える教会の大司教。そんなポジションの人間とお近づきになれば『影の英雄』と同じで色々な恩恵を手にすることができる。

加えて、こちらもフィルと同じでアリシアは伯爵家の人間という、立派な身元も保証されているのだ。

いわば、超優良物件。もしも己の身分が大司教だと明かしてしまえば、それこそ世界中から多くの婚約話が集まって来ていたことだろう。

「政略結婚をしなければならない貴族ですが、流石に数多の話は困りますからね」

「そうなんですよぉ……って、カルア様。私に畏まることなんかないですよ？　なんかお茶会の華に頭を低くされたら、私の罪悪感が凄いことになっちゃいます」

「いえ、流石に私もアメジスタ家のご令嬢として接することはできなくなっていると言いますか、逆に教皇様に畏まられると困ってしまうと言いますか……」

「もう二人共崩せばいいじゃん。俺なんか聖女にだってタメ語だぜ？　ねー？」

「「ねぇー」」

「あなたはもう少し考えなさいよ」

聖女相手にも教皇相手にも敬語を使わないフィル。流石は『自由』を理想とした魔術師と言うべきか。

「……じゃあ、フィルくんの言う通り互いに崩しちゃう？」

「……そうね、そうしましょう。今までのお茶会みたいに接させてもらうわ」

少しだけ互いの顔色を窺い、結局フィルの意見通りに敬語を互いにやめる二人。

カルア自身、何度か茶会で顔を合わせた時は敬語を使われていたが、この際「今まで通り」に違和感があってもそんなこと気にしない。何せ、今や相手は一国の公爵家など比べるに値しないほどの人間なのだから。そもそも、カルア自身フィルと同じでフランクに接してもらいたい性格なので、逆にありがたかった。

「ダメだぞぅ〜、アリシアちゃん！　ちゃんと報告はしないと〜」

横に控えていたキラがアリシアの頭を乱雑に撫で回す。

初めこそ額に青筋を浮かべながら我慢していたアリシアだが、やがて堪えきれなくなり勢いよく立ち上がった。

「うがー！　教皇になってから忙しいの、私は！　キラ・ルラミルが巡礼先の宿でぐーすぴー羊を数えている間も私は一人寂しくお星様数えながらお仕事だったの！　っていうか、キラ・ルラミルが行く先々で色んなものを壊すから書類が回ってきて私の睡眠時間を削っていくの！　おかげで乙女的に大事な私のお肌は荒れ荒れなんだけど分かる!?」

「だって、襲い掛かってくる人いっぱいだったんだもん〜。ミリスちゃんを護れって言ったの、アリシアちゃんじゃん〜」

「護衛の騎士でも駄目な事態に遭遇したらって話だよ!?　誰が人参ぶら下げたか知らないけど、馬や鹿じゃないんだから騎士よりも先に突っ込まないでいいんだよッッッ！！！」

なんかすげぇ気苦労が窺えるなと、フィルは謎の同情心が芽生えた。

「ごほんっ！　っていう感じで、忙しくて報告できないままになってしまいましたとさ、お終いお終い。あ、ミリス・アラミレア。そこの胃薬取って」

「お腹が痛いなら、私が治しますよ？」

「女神の祝福をストレスに使ったら私は永遠に働き続ける愉快な馬車馬になっちゃうよ……」

痛みがあるから自分の限界を知ることができるのだ。あっという間に完治させてしまえば、それこそこれからも音を上げられずに書類に毎日向き合わなくてはならない。

だからこそ、その最終手段だけは絶対に取りたくない。どれだけ己の胃が盛大に悲鳴を上げているとしてもッッッ！！！

「……なんか可哀想になってくる絵面なんだが。こう、責めるに責め切れないというか」

「……色々大変なのね、教皇も。てっきり富裕層の頂点だと思っていたのだけれど」

周りからしてみれば憧れ的なポジションにいる人間も、実際問題そうでもないみたいだ。

これが俗に言う業界の裏側というやつだろう。見たくもなかった。

「でも、アリシアが教皇っていうのは正直意外だったな。教皇ってあれだろ？　信徒を納得させる実績とかステータスとかないとダメなんだろ？」

「うーん……そこはなんて言うんだろ？　実力？」

「実力？」

フィルは思わずミリスへ視線を向けてしまった。

彼女はつい最近まで『保守派』の聖女として在籍していた。一番派閥の中でもトップに近い者であったため、どういう理由があったか知っていると思ったからだ。

　ミリスは視線を受けてにっこりと笑うと、そのまま可愛らしいドヤ顔を見せた。

「なんとですね、教皇様はフィル様達と同じで魔術師なのです！」

「へ？　アリシアが？」

「はいっ！」

　なんとも驚かされる連続。フィルはすぐさまアリシアの方へと顔を向ける。

「……一応、ほんと」

「え？　マジ？　なのにこの前襲われてたの？」

「わ、私の魔術は戦闘向きじゃないのっ！　っていうか、家族にも話してないのにステータス暴露なんかできるわけないじゃん！」

　この世界において、魔術師は偉大だ。

　というより、戦場一つを動かしてしまえるほどの異端な力を持つ者に畏怖を感じる。

だからこそ、人は魔術師への優遇を強化していた。どこに行っても崇め、称えられ、たくさんのお金が入るように。

　前にいたイリヤという雇われの魔術師がいい例だろう。

　平民出身でありながらも、国から多大なる優遇をもらって贅沢に暮らしていた。

　立場など関係なく、純粋に力を持つだけであらゆる環境が一変してしまう。恐らく、アリシアもその類《たぐ》いの人間だろう。

「……私の理想はね、『真実』なの」

そうアリシアが口にした瞬間、背後からいきなり巨大な天秤が現れた。

豪華絢爛。その場に現れただけで室内の明るさが増し、なんとも言えない威圧感が空間を支配する。

魔術師であるフィルやカルアでさえ、思わず息を呑んでしまった。

「他人の嘘を見破り、質問に対しての回答を全て相手の言葉を待たなくても手に入れることができる。あとは、嘘をついた者に対しての罰則とかね」

「お、おぅ……って、もしかして俺の正体が分かったのって――」

「うん、私の魔術。自慢じゃないけど、私の前では基本的に隠し事は通じないよ？」

なんて最悪な魔術なんだと、ある意味恐ろしい力にフィルは苦笑いを浮かべてしまった。

「だから戦闘向きじゃないし、こういう集団を取り仕切るところでしかあんまり活躍しないの。まぁ、そのおかげで私が教皇になれたんだけどさー」

「もちろん、私達が教皇様を慕っていたのはそれだけではありませんよ？　やはり誰よりも教会のことを考えてくださって、誰よりも信仰が厚かったからですから！」

「……だ、だって、生まれた時から信徒だったんだもん」

ミリスの純粋無垢な尊敬を受けて、アリシアはほんのりと頬を染める。

こういう姿は、教皇ということを忘れて年相応の可愛らしい女の子に見えてしまう。

よかった、抱いていたイメージが全て崩れ去らないで。

「っていう感じで、色々と納得してくれたかな？　もうこれで隠し事はあんまりないんだけど」

「全部じゃないんだな」

「そりゃ、女の子は少しぐらい隠し事があった方が魅力的だからね♪　カルアさんだってそうでしょ？」

「……なぁ、こんな俺以外女の子っていうアウェーな場所で同意を求めるのってズルくね？」

「否定はしないわ」

もし仮に否定したかったとしても、誰一人として味方は現れないだろう。絵に描いたようなハーレムの弊害である。

「まぁ、別に俺も納得したし、特段文句はねぇよ。でも、招待した理由ぐらいは教えてくれ。まさか、俺が教会の味方だってアピールさせるつもりじゃねぇだろうな？」

『影の英雄』の影響力は大きい。

それこそ、傍に置いているだけで周囲は『影の英雄』が集団の味方だとアピールでき、意識や意見が傾いてしまうほどに。

フィルはあくまで皆の知人というだけで、どの集団の味方だというわけではない。

理想は自由。どんな状況であれ、己の理想の足枷になるようなことだけは極力避けたかった。

「んー……まったくないって言ったら嘘になるけど、それよりも――」

「フィルくん、このあとどうする～？　お姉ちゃん達と一緒に遊ぶ～？」

「街を案内します、フィル様！　凄いんですよ、水上都市は！　美味しいものがたくさんあります！」

「……この子達が本当に会いたがっていたからね。それはもう、巡礼から帰って来て早々私の就任式があるのにフィルくんのところへ向かおうとするぐらいには」

「なぁ、聖女に振り回されすぎじゃね？」

「謝った方がいいんじゃない？　どうやらフィルに原因があるみたいだし」

「あ、俺のせいなのか」

確かに、教会で一番ビッグなイベントに宗教の象徴……世界で四人しかいない聖女がいなくなってしまえば大問題だろう。

その原因が「自分に会いたい」と言っているのだから、もしかしなくても『影の英雄』ほしさというよりかは本当に単純な気苦労なのかもしれない。

何故かため息をつくアリシアを見て、フィルは罪悪感が湧いた。

「まぁ、私も教皇就任式の前に遊びたいって思ってたからね！　このままじゃ、この歳でストレス過多の影響が髪とお肌に出ちゃうんだよ！」

バンッ、と。アリシアは机を勢いよく叩いて立ち上がった。

「水上都市はミリスちゃんの言う通り、海産物とか美味しいものはある——が、しかしっ！　それよりも魅力的な遊び場スポットがあるのだよ！」

「おぉ！」

遊び場と聞いて、フィルは瞳を輝かせる。

そして、そんなフィルへと口元を吊り上げたアリシアは声を大にして言い放った。

「海・水・浴♪　せっかく海に面した場所なんだから、泳がなきゃ損でしょ！」

◆◆◆

そうだ、バカンスと言えばこれじゃないか！

暑さ滲む日々の中、人々が日頃の疲れを取るために癒しを求めて足を運ぶ。

肌を焼くかの如く照り続ける陽射し、耳に心地よく響く小波《さざなみ》、真っ白な砂浜、開放的な空気、そして――

「お待たせ～」

ふと、ハーフパンツ一丁のフィルの背後からそんな声が聞こえてくる。

荷物を宿屋へ置き、案内されること数十分。真っ先に市場で水着を購入したフィルは現在、人気《ひとけ》のない浜辺へとやって来ていた。

そして、振り向いた先には長いミスリルのような長髪を靡かせながら走ってやって来る少女が一名。

その後ろには、浮き輪やら麦わら帽子やらを持つ聖女二人の姿もあった。

（さ、流石全世界屈指の美少女達……ッ！）

ゴクリ、と。振り向いてしまったフィルは唾を飲んでしまう。

まずはアリシアから語ろう。淡い水色のビキニが肌をこれでもかとアピール。しっかりと引き締まったクビレとスラッとした手足が目を寄せずにはいられない。

淡い水色はアリシアの髪と絶妙にマッチ。幼さと増やした露出によって生まれる大人びた雰囲気が綺麗にマリアージュ。花丸の高得点を差し上げたいほどであった。

次にミリス。こちらはフリル袖のついたキャミソール型の水着であった。ビキニとは違って露出が控えめ……なんてことはない。

肝心な部分はしっかりと隠されてはいるものの、レース生地によってきめ細かな白い肌は薄らと露出されており、妙な背徳感を感じさせる。更には、普段修道服によって隠されていた足や意外と実っている果実の主張がこれまた素晴らしい。小柄な体軀に麦わら帽子という可愛らしさ全開の中に爆発力が隠されていれば、男は胸を抉られる一択だ。

最後にキラ。こちらもアリシアと同じでビキニタイプの水着であった。

黒い水着は大人びた雰囲気と色気を与える。ただ、キラに至っては普段から大人びた雰囲気と色気を醸し出しているのだ。それによって同性が嫉妬してしまうほどのしっかりと強調された胸部や腰回りが相乗効果により更に魅力的に映る。もしここに大勢の野郎がいれば拍手喝采は間違いなかっただろう。

結論、総じて――

「よ、よくお似合いっす……！」

「あ、ありがとうございましゅ……」

「えへへ、ありがと～♪」

「ふふん！　まぁ、当然の反応だよね！」

フィルのサムズアップに、三者それぞれが嬉しそうな反応を見せる。

もう、ここは天国ではなかろうか？　いつ羽と頭に輪っかを携えた天使がお出迎えに上がってもおかしくはない状況である。

流石は自他共に認める美少女達だ。眼福度と顔面偏差値の高さが尋常ではない。

「どうだい、フィルくん。教会が誇る美少女三人をお目にしたお気持ちは？」

アリシアがからかうような笑みを浮かべてフィルの脇腹を小突く。

「え？　最高以外の感想が見当たらない」

「お、おぅ……語彙力がなくなるほど褒められると、流石のアリシアちゃんも照れを隠し切れないよ」

アリシアがミリスと同じように頬を染める。

本音だから仕方がないと、フィルは間近の美少女を見て首を横に振った。

「フィルくん、フィルくん」

後ろからキラがフィルの肩を叩く。

振り返ったその瞬間、勢いよくフィルの顔が抱き締められた。

「んむッ!?」

「ちょ、キラお姉ちゃん!?」

抱き締められたことにより、頬を染めていたミリスが驚く。フィルに至っては突然現れたふくよかすぎる感触にパニックだ。

「どう～?　お姉ちゃんの水着?」

「ほうっへ、さいほーっへいっふぁふぁかり（どうって、さいこーって言ったばかり）」

「あっ♡　ちょっとくすぐったい♡」

「ふぉぉぉぉぉぉぉぉぉぉぉぉぉぉぉぉぉぉぉぉぉぉっ！！！」

ここ最近、娼館の『し』の字も体験できていなかったフィル。

耳を刺激する甲高いボイスに思わず雄叫びが漏れてしまった。

「ダ、ダメですよキラお姉ちゃん！　フィル様が困っていますっ！」

顔を真っ赤にしたミリスがキラの腕を掴んで引き剥がす。

少し……いや、かなり残念ではあったが、このままでは自分の理性がどうなるか分からなかったため、ある意味助かったのかもしれない。

「え～、せっかく水着なんだし、スキンシップしたくない?」

「水着だからこそ、スキンシップは控えるべきなんです！　女神に仕える聖職者として……いいえ、そもそも女性として慎みを持った行動をですね――」

「でも、ミリスちゃんだってフィルくんに膝枕されたいって言ってたよね?」

「膝枕はセーフなんですっ！」

傍で聞いているフィルですら慎みの定義が難しいなと思った。

「にしても、こんな美少女がいるから注目度がえげつないだろうに……っていうか、なんで人がいないの？」

「あぁ、この日のために私が貸し切ったからね」

熱を冷ましたアリシアが答える。

「権力早速使いたい放題だな」

「いや、私の権力じゃないよ？　むしろ聖女パワーだよ」

「……他人の権力を振り回すトップって」

「ちっちっちー、甘いよフィルくん。こういう時こそ聖女パワーを使わなきゃ。信徒の皆に「聖女に気兼ねないお休みを与えたい」って言えば一発で貸し切りだよ。流石だね、聖女パワーは」

勘違いされやすいが、教皇はあくまで教会のトップなだけであり、皆の上司というわけではない。

教会はあくまで宗教。皆が平等に女神を信仰するためだけに創《つく》られている。

そのため、教皇が使える権力は思っている以上に多くはない――逆に、女神から最も近いとされる聖女こそが実質的に影響を与えている。

故に、「私が貸し切りにしたい！」と言うより「聖女様のために貸し切りにしたい！」と言った方がすんなり信徒も頷いてくれるのだ。

「ふふふ……今まで振り回されている分、こういう時ぐらい役に立ってもらわなきゃ。私のストレスが報われる瞬間を拝むのがこんなに気持ちいいとはね……」

「お、おぅ……ありがとな」

不気味な笑みを浮かべるアリシアに少し引いてしまうフィル。

彼女の苦労は、どうやら自分とは比べ物にならないのかもしれないと悟ってしまった。

「そ、そういえばカルアはどこにいるんだ？」

「カルアさんでしたら、飲み物を先に買いに行ってくれましたよ。私達がほしいだろうからって！」

「メイド業が板についてるねぇ～、確か公爵令嬢さんなんでしょ～？」

「俺はもう慣れすぎてなんとも思わんくなったがな」

「……ほんと、お茶会の華がメイドなんて色んな人が驚いただろうね」

気が利くというかなんというか。

話す人によっては驚かれることこの上ないだろう。

特にアリシアのような貴族のご令嬢であれば、公爵家の令嬢など自分達の実質尊敬する上司のような人だ。

彼女の機嫌を取り、彼女の機嫌を損なわないようにする。発言の全てが社交界で影響を与えるかもしれず、誰もがその動向を追うようになる。

だからこそカルアがフィルの下へ行ったと噂が流れた時は話題になったし、こうして目の当たりにすると引き攣った頬が戻らないのだ。

そんな時――

「お待たせ」

「おう、飲み物ありが……」

フィルの目の前に、美姫が現れた。

唐突に固まるフィルに、カルアは飲み物を抱えながら首を傾げる。

腰に巻いた燃えるような髪と同じ真紅のパレオ。クビレがしっかりと出ている反面、綺麗に隠すところは隠されているため、遊び心と上品さの両方が見て取れた。

だからこそ、普段大人びたカルアと歳相応の可愛らしさがふんだんに滲み、髪色に合わせたパレオ姿がよく似合っている。

普段メイド服しか見慣れていないからか、正に新鮮そのもの。

加えて――

「どうしたの？」

「あ、いやっ……」

フィルは赤くなった顔を咄嗟に隠す。

しかし、隠したはいいものの視線は何故か逸らしきれずにチラチラとカルアへ向いてしまった。

（反則だろ、こんちくしょう……）

誰よりも可愛いと思っている相棒だから、余計に魅力的に映ってしまう。

　これを本人に言ってしまうと何やら気恥ずかしいやら悔しいやらからかわれるやらがあるので、絶対に口にはしないが。

(なんだかんだ、カルアにだけは本気で照れるよな……俺)

　それはどうしてか？　本気で考えれば答えが見つかりそうなものの、本人を前にして本気で考えられるわけもなく。

　フィルは悶々とした気持ちを味わいながらも、必死に視線を逸らそうとした。

「なに～？　もしかして、見惚れてくれたの？」

　ただ、流石は相棒。フィルの照れなどお見通しなようで、すぐにからかうような笑みを浮かべてくる。

　長い間共に過ごしているからこそ、フィルがどんな表情を浮かべればどんな風に思っているのかが分かってしまう。

　カルアだからこそ、できる術だと言ってもいい。

「なに、見惚れちゃダメなわけ!?」

「い、いえ……そういうわけじゃないのだけれど……」

　しかし、分かってしまうのだが逆に開き直られたら困る。

　カルアは表情が一変して、すぐに顔を真っ赤に染めてしまった。

「むぅ～、やっぱりライバルはこの子……」

「あぅ……やっぱりカルアさんなんですね」

「ちっちっち、甘いよそこの聖女諸君。ライラック王国は一夫多妻制を設けているからね！　諦めるにはまだ早いっすよ！」

そんな様子を傍から見ている三者。

恐らく、今の発言を一般的な赤の他人でも聞いていれば嫉妬&発狂間違いなしだろう。

公爵家の令嬢だけでなく聖女二人にも好かれているなど、本当に『影の英雄』は贅沢者である。

「ごほんっ！　そ、それで何して遊ぶよ!?　遠泳？　それともスイカ割り!?」

フィルが誤魔化すように話を変える。

「私、泳ぐの苦手ですっ！」

「うむ、正直者でよろしい！」

「はいは～い！　肝心のスイカもないよぉ～！」

「よし、スイカ割りは聞かなかったことにしてくれ！」

となると何をするべきか。

提案した遊びが軒並み潰されてしまったことにより、フィルは頭を悩ませる。

そんな中で、気が利く人間筆頭のメイドさんが手を挙げた。

「ビーチボールなら持ってきているわよ」

「流石だ、カルア！　その有能さは一家に一台ほしいぐらいだ！」

「あら、よかったわね。あなたの家に一台あって」

海に必須とも呼べるスペシャルアイテムを受け取ったフィルは、砂浜に足で線を引いていく。

長方形の真ん中に一本の線。本当はネットでもあればいいのだろうが、そこまではなかったために急ごしらえの簡易コートだ。

「さぁ、やろうか！　美少女とキャッキャウフフ、世の野郎共が下唇を噛むほど羨ましいビーチバレーを！」

「それはいいんだけど……フィルくん、流石にハンデがほしいです！」

「確かに俺は男だしな、アリシアの言う通りハンデを設けよう。レディーに気遣いができるジェントルマンはちゃんと分かっているぞ」

「分かってないじゃん、ジェントルマン。私が言いたいのは、戦闘のスペシャリストが三人もスターティングメンバーに選ばれているってところだよ」

この場には、貴重すぎる魔術師が四人もいる。

アリシアは非戦闘向きであるため、身体能力はさしてミリスと変わらないが、それぞれの面々は戦闘に特化した異常者達だ。

そんな人間とビーチバレーをすれば、如実に負けるビジョンが浮かび上がる。

だからこそ、魔術師でありながらも非戦闘向きなアリシアは抗議の挙手をした。後ろではミリスも同様に「はいっ！」と、可愛らしく手を挙げている。

「いや、流石の俺もこの面子《メンツ》で強者ムーブをかまして有頂天になろうとはしねぇよ。こういうのはな、皆平等で楽しくやるからバラエティでは盛り上がるんだ」

「っていうより、私は大槌ないから魔術使えないしねぇ～」

「勝負とはいえ遊びだし、無粋な真似はしないわよ」

「ホッ……よかったね、ミリス・アラミレア。これでまだ戦えるよ！」

「ですね！　って、あれ？　私が負ける筆頭ですか？」

この中で誰が一番弱いか――そう考えた時、真っ先に思い浮かぶのは一体誰？　フィルとカルアの脳裏に、何故か悲しいことに愛嬌抜群の聖女の姿が思い浮かんでしまった。

「というわけで、ルールは魔術なしでいこう。ってなると、チーム分けだが――」

「男の子っていうのもあるんだし、フィルのチームを二人で、二対三にしない？　一人あぶれて小さな砂のお城を作らされるのもあれだし」

「そうだな、待ち時間が長すぎて傑作が生まれてしまっても困るしな。チームバランスも、その方がちょうどよさそうだ」

「はいはーい！　お姉ちゃんがフィルくんと組みたい～！」

「いや、普通ここはジャンケンじゃ――」

「お姉ちゃん、一緒のチームだとフィルくんにいっぱいサービスしちゃうよ～？」

「おーけー、チームは決まったな」

谷間を強調するように前かがみで顔を覗き込むキラに、フィルは真顔でサムズアップを見せた。

素晴らしいおっ◯い。提案されたサービスに過度な期待が乗ってしまう。

「はいっ！　はいっ！　私もフィル様と同じチームがいいです！」

「ミリス様、ここは平等にジャンケンでいきましょう。というわけで、フィル。ちょっとそこに立って」

「おい待てカルア。グーチョキパーどれでも届きうる射程に俺を立たせるな。刺されるし殴られるし叩かれる」

一方で、どうやらカルアは至近距離でのジャンケンをご所望のようであった。

「待て、俺は何もしていない！」

強制的にカルアの目の前へと立たされそうになるフィルは慌てて弁明を始める。

腕を引っ張り、その場から動けないよう引き留めようとしていたカルアは、綺麗な笑顔を向けた。

ただし、どこか目は笑っていないように思える。

「あら、そうなの？」

「あぁ、どちらかと言うとこれから素晴らしいサービスをもらうってだけでぶべらっ!?」

綺麗な笑みを浮かべる少女からの右ストレートが炸裂。

「あぅ……私、チョキです」

「あちゃー、お姉ちゃんもチョキ」

「私はグーだけど、なんか流れ的に三人の方がいいっぽいからそっち行くね」

「あれ、もうジャンケン始まってたの!?」

――そして、ジャンケンも決着がついてしまったようだ。

「じゃあ、決まりだね！」

「えー……今ので決まったの？」

　どこに開始の合図があったというのか？　いつの間にか殴られるだけ殴られて決まったチーム分けに、フィルは少し泣きたくなってしまった。

「んじゃ、これで決定――の前に」

「「前に？？？」」

「ご褒美、決めちゃおっか♪」

「お、いいな」

「「？？？」」

　アリシアの言葉に、女性陣三人は首を傾げる。

　まぁ、ゲームである以上ご褒美やら罰ゲームがある方が盛り上がるのはよくある話。

　事実、フィルも遊び呆けていた時は何をするにしても勝負のスパイスとしてご褒美やら罰ゲームやらを用意していた。

　フィル個人としてはそっちの方が盛り上がるタイプ。アリシアの提案には賛成であった。

「だが、ご褒美って具体的には何を提案してくれるわけ？　ハッ！　まさか、海辺で行われる開放的なストリップショー!?」

「勝ったチームはフィルくんを一日好きにできる券っ！」

「あれ、俺へのご褒美は？」

　勝っても負けても褒美の対価にされる提案である。

「……先輩、そのご褒美は流石のジェントルマンでも承認しかねますって。どっち転んでも罰ゲームとか、与える餌の質が悪すぎやしませんかね？」

「およ？　お馬ちゃんはぶら下げられた餌をお気に召さないと？」

「いやいや、当たり前でしょ。どこに俺のメリットがあるっていうんだよ」

勝てばカルアのために一日好き放題されて、負ければ三人から好き放題されて。

どっちに転んでもデメリットであり、どんな結果になっても罰ゲーム。

フィルにできることと言えば、せめて如何《いか》に被害額を抑えるかぐらいだ。

そんな提案、誰が呑むか！　フィルは砂浜に腰を下ろしながらアリシアへジト目を向けた。

それを受けて、アリシアは何故かからかうような笑みを浮かべる。

「う～ん、私は別に変えてもいいんだけど――」

「さぁ、始めましょう。公爵令嬢の本気を見せてやるわ」

「はいっ、精一杯頑張ります！」

「お姉ちゃん、本気出すよぉ～」

「皆さん、ここに異議を唱えている人いるんですけど、スルーっすか!?　蚊帳《かや》の外ボーイを放置してやる気全開な表情でコート向かうんですか!?」

「これぞ民主主義♪」

「ただの多数決……ッ!?」

さぁさぁ、始めよー、と。アリシアは鼻歌を歌いながらコートへと向かっていった。

フィルが大きなため息をつく頃には、皆一様に気合いの入った表情を浮かべている。

そんな意気揚々、やる気満々な皆さんを見て――

「……民主主義って恐ろしい」

フィルはもう一度、大きなため息をつくのであった。

◆◆◆

ビーチバレーのルールは至って単純、ボールを相手コートに落としたチームが得点。今回は最終的に十点を先取したチームの勝利となる。

チーム分けはカルア・フィルのチームと、残る教会組のメンバー。

各々配置へつき、カルアがボールを上空に放り投げて試合は開始された。

「いくわよッ！」

「「「さっ、こーい！！！」」」

「えっ、皆そんなにやる気!?」

これ、ただの遊びだよね？　なんてフィルの疑問を無視して、スポーツ大会に出場している選手と見紛うほど気合いの入ったサーブが敵陣へ放られる。

流石は魔術があるとはいえ、拳だけで敵陣へ突っ込んでいく魔術師。威力は申し分なく、後方の空いたスペースへと真っ直ぐに向かっていった。

しかし、その空いたスペースを埋めるかのようにアリシアが即座に反応する。

「甘いっ！　これでも海は私達のホームグラウンドなんだよっ！」

上がったボールを、今度はミリスが軽くトスをし、

「キラお姉ちゃんっ！」

「あいあい～♪」

そのままキラが見事な跳躍を見せ、勢いよくコートへ向かい叩きつけた。

ジャンプすれば綺麗なボールが二つも揺れる。ええ、揺れるんです。一瞬、ボールがどこに行ったのか分からなくなるぐらい。

これ、俺が勝ってもどうせ好き放題されるわけだし、気ままにおなご達の果実を眺めるのも悪くないんじゃ――

「オトシタラコロスワ」

「いえす、まむ！」

フィルが反射的にボールへ飛び込む。

おかしい、体が勝手に反応してしまった。咄嗟に上がったボールを見て首を傾げる。その理由が「恐怖」だということを、フィルはまだ知らない。

「はい、フィル」

「あいよっ！」

カルアが浮上するボールを綺麗にトスをしてみせ、フィルがそこに向かって飛び上がる。

負けても勝っても同じだとは言え、遊び人としてのフィルの心は徐々に勝利へと向かっていく。

確かにこのまま美少女達の果実を拝んでいたかったのだが、負けると悔しいのもまた事実。

フィルは狙いを定め、ミリスの手前へとボールを叩きつけた。

すると、案の定運動神経がそこまでよくないミリスは「あわわっ！」と戸惑ったが、すぐさま姉のフォローが入る。

「弱い子を狙う悪い子はどこかにゃぁ～？」

「ぐっ！　野生のボディーガードめ……っ！　カルア、中々向こうさんの守備は手厚いぞ！」

「何やってんのよ、真面目にやりなさい」

「今は結構真面目でしたが!?」

教会組も中々やるようだ。

キラが上げたボールはすぐさまミリスが上げ、アリシアが後方から駆け込んで叩き込む。

「あたーっく！」

水上都市を本拠地に置く少女。ビーチバレーという遊びに慣れているのか、的確にフィルとカルアのいないコート隅へとボールを落としにいく。

だが、カルアはすかさずギリギリのところで滑り込んでボールを拾った。

「コソ泥に得点を渡すわけないでしょ、甘いわよ教皇様？」

「ぐぬぬ……ッ！」

カルアは己の魔術によって速度を音速以上に上げていく。

そのため、動く体に目を合わせなければならなくて、カルアの魔術は速度だけでなく目の強化も入っていた。

今回は魔術抜きの純粋なビーチバレーとはいえ、速さに慣れた目は女の子が撃つスパイクなど容易に追える。

「中々やるじゃん……こりゃ、教会のチームワークだけでどうこうなる問題じゃないかもね」

「流石です、カルアさんっ！」

「でもでも、フィルくんにあんなことやこんなことするためにも負けるわけにはいかないんだよぉ～」

「あ、あんなことやこんなことってなんですかっ⁉　い、いかがわしいのはダメですよ⁉」

「およ？　ミリス・アラミレアはどんなことを考えているのかな？」

「～～～ッ！　ざ、懺悔してくださいっ！」

何やら味方同士で揉めているご様子。

その隙を見逃すほど遊び人と相棒は甘くなく、素早いトスですぐさまカルアがボールを叩きつけるために飛んだ。

その時――

「は？」

「はいは～い、一名様お会計入りました～」

カルアの正面へ、何故かキラが現れた。

どうして自分と同じように飛び、同じように振りかぶっているのか？　一瞬の思考の停止がそのまま腕を振らせるのだが、時すでに遅し。

叩かれたボールはブロックされるわけでもなく、叩かれる。

スパイクにスパイクで合わされたと言えば分かりやすいだろうか？　カルアが叩きつけたボールを、キラはそのままフィル達の陣地へ叩きつけた。

「「はぁっ!?」」

思わずフィルとカルアは驚いてしまう。

当然、トスもなしに一手で放たれたボールはフィル達の思考の合間を縫っていたため、空いたスペースへと容易に落ちていった。

「うぃ〜！　まずは一点！」

「す、凄いですっ、キラお姉ちゃん！」

「いやぁ〜、魔術抜きの勝負をしているはずなのにね！　キラ・ルラミルは聖女じゃなかったとしても大道芸人として引っ張りだこだったかもしれないよ」

フィル達が驚いている間に、教会組はそれぞれハイタッチを交わしていく。

まさか、あんな動きができるなんて。運動神経がよさそうだとは思っていたが、スパイクをスパイクで返されるとは思わなかった。

タイミング、予想、センス——どう詰め合わせたらあのような動きができるのだろう？　敵ながら、フィルは思わず拍手をしてしまった。

しかし、ボールを拾う相棒さんは許せなかったようで。

「フィル」

「うっす」

「相手を喜ばせるのは、メイドをしている時だけでいいとは思わない？」

「……うっす」

目が据わっているカルアに、フィルは背筋を伸ばす。

どこまで勝ちたいんだこの少女は？　何故か自分のチームが勝った時の方が身の危険が凄いのではないだろうかと、少し遠い目をしてしまった。

◆◆◆

「そういやさ」

それから得点は着々と両チームへ与えられていき、しばらくラリーが続いた頃。

フィルがボールを放りながら唐突に少し質問を投げた。

「教皇の就任式って、具体的に何すんの？」

「それは会話で相手の集中力を切らそうっていうジェントルマンにあるまじきゲスな作戦？」

「ちゃうちゃう、そういうわけじゃなくて」

単純な好奇心だよ、と。フィルはスパイクを撃つ。

だが、それはなんとかミリスが上げたことによって不発に終わってしまった。

「んーっとねー、やること自体はそんなに多いわけじゃないよ」

アリシアがボールを放りながら答える。

「聖歌を歌って、挨拶して、主にお祈りをして、遺物の継承をするの」

「……遺物？」

「そうそう、遺物。って言っても、教会が代々教皇に継いできた古い文献だよ」

これ以上はあんまり言えないけど、と。アリシアは茶目っ気溢れる笑顔でそう言った。

気になるには気になるが、わざわざ追及してまで知りたいとは思えない。故に、このビーチバレーへとすぐに意識を切り替える。

「今よ、フィル。あの牛《キラ》に叩き込みなさい！」

「あれ？　お兄さんが近所の美少女と談笑している間に、なんかお隣さんへのヘイトが溜まってない？　一体お話の間に何があったの？」

「あの女……これ見よがしに胸を揺らしやがって……ッ！」

「逃げてっ！　女の切実な嫉妬が本格的になる前に逃げてっ！」

執念感じるコンプレックスに対する嫉妬は本物のようで。

フィルはぺったんこなカルアから逃れるよう相手に訴えた。

「ん～、お姉ちゃんはあんまり意識してなかったんだけどぉ～、やっぱり目立っちゃうのかにゃ～？」

フィルの警告も届かなかったのか、キラはからかうようにして己の胸を持ち上げた。

確かに、あの大きさは少しでも動けば綺麗なバウンディングをお見せしてしまうことになる。

きっと、それが対面で特等席にいるカルアの嫉妬を駆り立てたのだろう。

「ごめんねぇ～、でもお姉ちゃん的には大きい方がフィルくん好きだと思うから、配慮で服を着てあげることもできない～♪」

「コロス……コイツトフィルヲコロス」

「俺、完全に巻き込まれ事故なんですけど!?」

勝負事は、人を熱くさせてしまうらしい。

挑発する側と挑発されて激昂する側の間に立たされたフィルは、今日初めてそのことを学んだ。

「きゃっ！　あ、ごめんなさいです……」

そうこうしている内に、ミリスがボールを落として得点に。

フィル達のスコアが九点となり、ついに勝負へ王手をかけることとなった。

「この一点、絶対に勝ち取るわよ」

「……お兄さんはね、人参すらぶら下げられてないお馬さんなの。そんなボルテージ高くてもついていけない」

「あとで膝枕してあげるから」

「かかってこいやぁぁぁぁぁぁぁぁぁぁぁぁぁぁぁぁぁぁぁぁぁぁぁぁぁぁっ！！！」

美少女の膝枕と聞いて一気に気合いが入ったフィル。

どうやらお馬さんは餌をぶら下げられてようやくボルテージが上がったようだ。

「むぅ～、お姉ちゃんだって言われたら膝枕ぐらいしてあげるのに～」

「わ、私だってして差し上げますよ、フィル様！」

「この流れで言わないわけにはいかないね。私もするよ、フィルくん！」

「むっ！　向こう側から新手の妨害が！　しかし、何故だろう……今はカルアの味方でいたい！」

「あら、嬉しいわね」

「おうともさ！　だから俺の喉仏を摑んでいる手を離したまえ！」

相棒のために拳を握る。なんとも素晴らしい関係ではないか。伊達に長いこと一緒にいるわけではない。

そう、これは決してこの手が怖いからだとか、脅迫されているとかではないのだ。

（ま、まぁ……カルアの膝枕の方に魅力を感じたっていうのは黙っておこう）

手を離してもらったことを確認して、フィルは少し頬を染めながら咳払いを入れる。

腰を落として構え、向こう側のサーブを待つ。

「バカンスの醍醐味《だいごみ》はこれからだよっ！　まだまだ私は遊びたい！　机に積み上がる書類の束なんて私は見たくない！」

アリシアがサーブを放ち、それを華麗にフィルが捌く。

カルアがトスを上げ、今度はアリシア目掛けてフィルが叩き込むが、キラが間に入って見事に上げられた。やはり一筋縄ではいかないみたいだ。

「いきますよ、キラお姉ちゃん！」

「うん、ちょうだいっ！」

ミリスのトスを受けて、キラがスパイクを叩き込んでいく。

今度はコートの端ではなく、ラインギリギリの手前。

強烈なスパイクを警戒して下がっていた二人の配置を狙ってのことだろう。

しかし、それは二人にとって想定内。

「甘いわよ！」

「ありゃ〜」

カルアが飛び込んでボールを寸前で拾う。

見事な運動神経。フィルは内心で賞賛すると、今度は高くトスを放った。

「よっしゃ、カルア！」

「任せて！」

カルアは起き上がり、そのまま跳躍してボールを叩く。

狙いはミリス。この中で一番拾われないだろうと判断した結果だ。

「あわわっ！　ひ、拾いますっ！」

ミリスは体を横へ捻ってボールを辛うじて拾い上げる。

しかし、その反応で思わずその場でこけてしまった。

そして——

「……へ？」

――水着の紐が取れてしまった。

それが何を意味するかなど、もう描写しなくてもいいだろう。

「ミ、ミリス・アラミレア……」

「ふぇっ？」

「胸、を早く隠さないと」

「…………」

脱げた本人が、ようやく視線を胸に落とした。

みるみる内に可愛らしい顔は真っ赤へと染まり、羞恥がこれでもかと一気に込み上げてくる。

「きゃぁぁぁぁぁぁぁぁぁぁぁぁぁぁぁぁぁっ！！！」

ミリスはその実った胸を押さえてその場で蹲った。

布切れ一枚なくなっただけで、こうも瞳と鼻の下が刺激されるのか。

色気とは無縁な可愛らしい女の子だからこそ、突如起きたハプニングによって顕《あら》わになったものへの興奮度合いが凄まじい。

故に、フィルは思わず動きを止めて凝視してしまう。

「ほほう、これはこれはなんとも目がぁぁぁぁぁぁぁぁぁぁぁぁぁぁぁぁぁぁ！！！？？？」

しかし、眼福とも言えた景色はすぐに黒へと染められて。

「……クソ不愉快」

最後に映った光景には、かなり不機嫌そうな相棒の姿があったとさ。

――結局、この勝負はなんだかんだカルア・フィルペアの勝利となり、フィルの一日自由権はカルアが手にすることになった。

加えて、裸を見てしまったことによりお詫びという体裁で落ち込んだミリスへ膝枕をしなくてはならなくなったのだが、それはまた余談である。

教皇就任式

さて、早いもので水上都市に滞在してから数日が経ってしまった。

気兼ねなく行えるバカンスというものはやはり時間を忘れさせてくれるみたいで、のんびりとした宿屋で寛いだり、ミリス達と共に水上都市を観光したり、今度こそスイカを持って海で遊んだりと、充実した日々を過ごしているといつの間にか残りも折り返し。

いつまでもここに滞在したい住みたい……なんて切実に思ってしまったフィルだが、残念なことに現実とはそう甘くはない。

いつまでも水上都市にいるわけにもいかず、帰って仕事をしなければならないフィルは予定通りあと数日で帰ることとなる。

だからこそ、今日という一日をめいっぱい充実したものにせねば！　なんて息巻いていたのが今日の朝——

「……なぁ、なんでバカンスにタキシードなんか持ってきてんだよ？　あれか、数少ない友人の結婚式参列者でしたか、俺？」

現在、新品のタキシード姿で肩を落としていた。

豪華絢爛、流石は教会の本拠地と呼べる大聖堂。見渡す限り彩りに溢れたステンドグラスに覆われ、いくつもの長椅子がびっしりと詰まっている。奥には天高くまで繋がるパイプと元にあるオルガンや、祭壇がしっかりと鎮座していた。

これが、大聖堂にある礼拝堂。

広さはフィルの屋敷の半分ほどの大きさ。ただの礼拝堂にここまでの大きさがあれば、一体何人入れるのか？　実際に周囲を見回してみると、本当に数え切れないほどの正装した人間が談笑している。

どうしてフィルは大聖堂にいるのか？　それは——

「あながち間違ってないんじゃない？　もちろん、結婚式じゃなくて教皇就任式だけれど」

カツン、と。ヒールを鳴らして深紅のドレスで着飾ったカルアが飲み物を手にやって来る。

そう、フィルが堅苦しいタキシードを着ているのは、本日が教皇の就任式だからだ。

本来、教皇就任式があることすら知らなかったフィル達はアリシアに聞かされても参加するつもりはなかった。

しかし「フィ、フィル様は私達の教皇様の晴れ舞台を祝福してくださらないんですか……？」という可愛い可愛いミリスの上目遣いにより参加せざるを得なくなった。

美少女のお言葉一つで動かされる自分が情けない。

というわけで、急いでタキシードとドレスを仕立て、こうして参加するに至った。

本当に、最近は自由とはほど遠い生活ばかりで理想かどうかが疑わしくなってくる。

「っていうより、頑張ってタキシードを準備した私を褒めてほしいのだけれど？　あと、ドレスの感想がほしい」

「は？　お前が綺麗なのはいつものことだろ」

「そ、そう……」

真顔で返された言葉に、カルアは思わず頬を染めてしまう。

こういうのをサラッと言ってくるのだからこの人は本当にズルいと、カルアは内心で愚痴を吐いた。

「にしても、俺が参加したことによって『影の英雄』が教会の味方だって話になんねぇだろうな？　いきなり話をぶち込まれても、インタビューを受けた側は呆けるぞ？」

「そうなればお茶の間の空気もしらけるでしょうね。まぁ、そこら辺は問題ないんじゃない？」

「お、マジで!?　もしかしてアリシアが最近手に入れた教皇の権利《おもちゃ》を使ってなんとか――」

「時すでに遅しって言葉があるの」

「え、試合終了のお知らせ？」

もうバレたの？　フィルは慌てて周囲を見回す。

確かに、言われてみれば何故か談笑している面々の視線が自分に集まっているような？　あれれおっかしーなー、そんなに見つめられちゃ照れるぜモテる男は辛いなー……何故か涙が零れ始めた。

そんな時だった。いきなり、背後から肩を叩かれる。

「……なんですか、サインなら順番と礼節を守って来世まで待っていただければ――」

「ふむ、いきなり出会い頭に冷たいじゃないか」

ふと、聞き覚えのある声にフィルはゆっくりと振り向く。

するとそこには、ウェーブのかかった金の長髪を携えた一人の女性が肩を竦めて立っていた。

大人びた雰囲気に宝石のようなルビーの双眸、何より深みのある貫禄と異質さは記憶に新しい。

そう、彼女は――

「俺とお前に温かさを求める関係とかあったかよ、シェリー・アルアーデ」

アルアーデ国、第一王女。

たった一人の王位継承者であり、国を担う最前線に立つ女性。更に、王女自身が『探求』という理想を掲げた魔術師という異端者。

その恐ろしさはつい先日身をもって体験したばかりだ。

己の理想のためならば手段を選ばない魔術師らしく、王女であるリリィを誘拐して実質魔術師に仕立て上げてみせた。その手腕、度胸、イカレ具合い。どれにおいても油断ならない人物。

久しぶりの再会――というわけでもないが、フィルとカルアは思わず身構えてしまう。

「まぁ、そう警戒するな自由人《ヒーロー》とそのメイド。私は別に仕切り直しのリベンジを興じるために姿を見せたわけじゃない。というより、この場に唯一の王族がいるなんて、普通に考えればおかしな話などではあるまい」

言われてみればその通りだ。

アリスト教は世界的に信仰されている宗教。その影響力は国にも干渉し、国としても決して無下にはできない存在。

友好を維持、築き上げるために教会の一大イベントに参加するなど想像に難くない。

フィルとカルアは思い直し、警戒心を徐々に薄めていった。

「それに、今君達と拳を交わせば大事な弟子に怒られそうだからな。興味のあるショーも、立ち見で我慢しなければならないんだよ」

「弟子？」

「リリィ・ライラックのことだ。君の大事な妹分さ。あれから彼女とはそういう関係になったのさ。あぁ、魔術師のではないぞ？　そこはマスコット的なメイドが補ってくれるからな、私は専《もっぱ》ら先輩王女として、だ」

脳裏に浮かぶのは、無邪気で自分に懐いてくれる可愛らしい少女の姿。

王族として国民のことを誰よりも考え、大勢の人間から好かれる才能を持つ人間。自分を慕ってくれ、無邪気に懐いてくるあの光景。

同じく小さくて少し生意気なメイドの子と一緒に屋敷を去ってしまったのがまだ記憶に新しい。

「リリィ、元気にしてるかなぁ……お菓子いっぱい食べすぎてお腹壊してないか心配だなぁ」

「はい、ハンカチ」

「……本当に君は妹分が好きだな。世のお母様方も、お手本にさせたいお兄様としてランキングに票を入れそうだ」

　ふと溢れてしまった寂しさの涙を、フィルはそっと拭う。

「それにしても、私としては君の方が意外だよ。てっきり、君はヒーローショーへは断固として客席にすら回らない恥ずかしがり屋だと思っていたんだが」

「知ってるか？　恥ずかしがり屋でも可愛い妹が「来て」って言ったら来なきゃいけないんだ。それがお手本にさせたいお兄様ランキングに名を連ねるお兄ちゃんってもんだ」

「いつミリス様が妹になったのよ」

「妹は多いに越したことはない」

「ミリス様が聞いたら拗ねそうな発言ね」

　なんで？　自分で考えなさい。などのやり取りが続いて首を傾げるフィル。

　相変わらずいつまで経っても女心に疎い男だ。娼館に通い詰めていた男とはとても思えない。

「まぁ、でも本当は来たくなかったよ。面倒くさいし、教会の味方だって思われるの嫌だし。ここにいることで色々なことに縛られそうだし」

「教会側としては『影の英雄』が参列しているだけでありがたいだろうね。今、ホットな話題は新しい教皇だ。新鮮な話題に食いつこうと目を輝かせている漁師にとっては、恐らく『影の英雄』は船を脅かす大魚だろう」

「下手に媚《こび》を売りすぎて不評を買えば『影の英雄』すら敵に回してしまうかも……ということですね」

「その通りだ」

フィルは仕方なくこの場に立っているだけだろうが、事情も知らない人間からしてみれば立っているだけで色々な憶測が脳裏をよぎってしまう。

たとえば、フィルの想像通り『影の英雄』が味方についた。

たとえば、新しい教皇との親密な関係がすでに築かれていた。

たとえば、元々『影の英雄』は教会側の人間だった。

考えれば考えるほど、深みに嵌まる。今まで情報が開示されていなかったからこそ、知っている者しか判断ができない。

恐らく、今この場にいる者が分かっているのは『この場にいる男が『影の英雄』だ』ということのみ。

それしか情報を知り得ないのなら、己が失敗しないよう憶測するしかない。

今のところ様子見。各国の重鎮が集まる中誰も寄ってこないのはそういうことだろう。

かえってそのことが今は教会側のプラスに働いており、フィルにとってはマイナスにしか作用していない。

「君のネームは存外、想像より大きいものだよ。よかったな、私よりも有名人で。ブランド力で負けて少々デザイナーは嫉妬だ」

「煽ってる？　明らかに望んじゃいねぇだろうが、お仕事希望は引きこもりだったんだよこっちは」

額に青筋を浮かべるフィルに、シェリーは上品に笑う。

ただからかっているだけの姿が絵になるのだから、本当に美女はズルいと思った。

「……そういや、お前に会ったら聞こうと思っていたことがあったんだ」

小さく息を吐き、額に浮かんだ青筋を押さえるフィル。

「お前、この前アビの名前を口にしたよな？　あいつのこと、どこまで知ってる？　魔女に近いって、なんの話だ？」

「おいおい、そんなに近づいてこられたら記者に熱愛だと勘違いされてしまうじゃないか」

「いいから答えろ」

一気にシェリーへ顔を近づける。

逃がさないと物語っているフィルの表情を受けても、シェリーは肩を竦めるだけで悠々とした態度を取っていた。

「言っておくがね、私の探究先は現在魔女だ。君が思っているほどアビ・ビクランのことを知っているわけではない」

シェリーは負けじとフィルへ顔を近づける。

少しでもどちらかが踏み出せば唇が触れてしまいそうな距離。それでも、互いは頬を染めることなくしばし見つめ合う。

異性と距離が近づいたことにカルアが割って入る――なんてことはしない。

二人の間に漂う空気が、どこか重く肌がひりつくような感じがしたからだ。

しかし、その空気もカルアが息を呑む頃には霧散してしまった。

「ふぅ……君は意外とレディーに対する扱いが酷いな。女の子にしていい顔ではない」

「そんなお熱い空気に思えるか？」

「思わないね。まぁ、フィル・サレマバートの親友の話ともなれば当たり前かもしれんが」

やはり、アビがフィルの親友だという情報を持っている。

両親や一部の人間しか知り得なかった情報を赤の他人が知っている時点で、ある程度のことは把握していると考えていいだろう。

「といっても、私が持つ情報《カード》は少ないよ。そうだな、君が興味を惹くものであれば――」

流石は『探求』を理想とした魔術師。

シェリーは、どこか含みのある笑みを浮かべてこう口にした。


「アビ・ビクランは生きている。こんな情報はいかがだろうか？」


その言葉は正しくフィルの興味を惹いた。

ただし、あまりの内容にフィルは思わず問いただす語彙力を失ってただただ呆けてしまう。

「は？」

「考えてもみろ。いくら英雄と呼ばれる存在であろうとも、所詮《しょせん》は故人。魔女を調べていて名前が挙がるわけもなし。もし挙がったのであれば、それは探求者である私でなくても知っているものだ」

故人が名前を残す時は、偉業を成し遂げていることが多い。

偉業を成し遂げているからこそ後世まで語られ、誰もが認知するのだ。

しかし、フィルはアビが魔女と近しい存在だったという話をシェリーの口から聞くまで知らなかった。同じ魔術師であるカルアも、だ。

知らなかったということは、手に入れた情報は新鮮だということ。

つまり、新鮮な情報は現在進行形で維持されているという証拠に他ならない。

「アビ・ビクランが魔女に最も近しい存在。もしも故人であれば、私は最後に「だった」という言葉をつけていただろう。二番手で甘んじると言ったのは、そういうことだ」

「お、おい……いや、あいつは……だって」

フィルは頭を押さえて考え込み始める。

記憶には未だ忘れられない黒い手紙が残っていた。若くして魔術師として国の馬車馬にされ、英雄に恥じないほど多くの人を助け、英雄らしく死んでいった。

そうだ、自分だけでなく周囲もアビは死んでいると認識していたし、己自身今までアビと出会っていない。

魔術師になって仲良くなったリリィですら、死んだと言っていたのだ。

信じられない。今の発言が、とても信じられない。

「まぁ、信じられないのも無理はないがね。一応言っておくが、私は自分の探求した結果を汚すような無粋な真似はしない。情報が間違っているならまだしも、得た知識で嘘をつくことはしないよ」

「…………」

「……フィル」

信じられない言葉に思考を巡らせているフィルに、カルアは心配そうな表情を浮かべる。

そんな姿を見て、シェリーは踵を返した。

「私から与えられるのはここまでだ。これは前回の詫びだと思ってくれたまえ」

「あ、あのっ！」

「詳しいことはニコラ・ライラックにでも聞くがいい。あの王女なら、私よりも有益な情報を持っているさ。幸いにして、彼女はこの式に参加しているぞ」

その言葉だけ残して、カルアの呼び止めに手を振ったシェリーはフィル達の下を離れていった。

残されたフィルとカルアの間に少しばかりの沈黙が広がる。

その沈黙でカルアは対応に困っていた。

フィルにとって、アビという少年が大事な人だというのは少しの知識ではあるが知っている。

だからこそ、こんな衝撃的な事実を知らされたあとになんて声をかければいいのか？　カルアは黙って寄り添うことしか思いつかず、恐る恐る手を伸ばす。

「……すまん、心配かけた」

しかし、フィルは心配そうにするカルアの手を握って頭を上げた。

「うん、もう大丈夫だ！　悪かったな、慣れないシリアスシチュエーション作っちゃって！　いやー、ボケ担当なのに慣れないことなんてするもんじゃないなー、お茶の間の空気が気まずくて肩身が狭いぜ！」

とはいえ、その気丈さも無理に作っているのだろうということはすぐに分かった。

でも、自分に心配をかけるまいとしているのはしっかりと伝わってくる。

カルアは小さく息を吐いて「もぅ」と笑みを浮かべると、フィルの頭を優しく撫でた。

「あとでニコラのところ、行きましょうか」

「……おう」

公衆の面前で頭を撫でられるのは恥ずかしいはず。

しかし、それでもカルアの手が不安を掻き消してくれるかのようで、フィルは振り払うことができなかった。

◆◆◆

教皇の就任式はアリシアの言っていた通り、大きく分けて四つ。

教会が抱える聖歌隊による歌と、教皇や関係者からの挨拶、新しい体制で動く自分達を主である女神に祝福してもらうためのお祈り、そして教皇が代々引き継ぐ遺物の継承となる。そのあとは交流の場という体裁の下にパーティーが開かれるみたいだ。

準備が終わり、いよいよ就任式が始まると各国の関係者はそれぞれ立場関係なく長椅子へ一列に座らされた。

パーティーや式典では王族や爵位の高い貴族などはそれぞれ相応の待遇をされるが、今回はそういったものはない。

恐らく、立場関係なく同じ神を信仰する信徒として迎え入れているため、優劣はつけないようにしているのだろう。

招かれ、多くの人間から『影の英雄』として畏怖と尊敬を浴びるフィルですら、同じように壁際の長椅子へ座らされていた。

隣に知らない他国の重鎮が座っていることには妙な緊張感こそ覚えるものの、かえって下手に目立たないからフィルにとってはありがたかった。

壇上付近には、周囲の修道女とは違う修道服を着た人間が四名。

中には見慣れた顔のキラやミリスの姿もあり、必然的に残る人間の立場も理解させられる。

教会が誇る、女神と最も近しい存在と呼ばれる女。

世界でたった四人しかいないとされる、アリスト教の聖女達だ。

（よく考えてみれば、聖女二人と関係がある俺ってヤバくない？　アイドルと握手したことあるって胸張って言ったらファンから嫉妬の雨あられがくるとかないよね？）

これで他の二人とも関係ができれば教会所属のアイドルグループをコンプリートだ。

絶対にそんなことしたくはないが、と。フィルは聖女達に向けていた視線を戻した。

そして、聖歌隊による歌も終わり、いよいよ新教皇による挨拶となる。

「（いやぁ、すげぇな聖歌隊。今を生きる若者のトレンドに載ってないから興味を示さなかったが、妙な迫力と心洗われる感覚が新境地を見つけたみたいだった）」

「（私は何度か聞いたことはあるけれど、流石は大聖堂の聖歌隊ね。歌声がまだ耳に残ってる）」

変わらず二人で磨き上げたアイコンタクトにより、フィル達は口を開くことなく感想を言い合う。

「（っていうか、聖歌隊にミリスもいるんだな。こう、中心で歌う様はまるでオーケストラの主役みたいでお兄さんは誇らしかったよ）」

「（あなた、いつまでそのお兄さんムーブを続ける気？　リリィ様が怒っても知らないわよ？）」

「（それは困る。八方美人っていうのも考えものだな。お兄さんは一家に一台限定品らしい）」

兄貴面の八方美人など聞いたこともないが、確かにあまりミリスにお兄さんムーブを続けるとリリィが「フィルお兄ちゃんが取られた！」と嫉妬するかもしれない。というより、そもそもミリスはフィルに兄的なポジションは望んでいないだろう。

そんなことを知らないフィルは聖歌の余韻を味わいながら祭壇を眺める。

すると、今度は聖歌隊ではなく一人の少女が顔を出した。

白を基調とした祭服――ではあるのだが、どこか以前見たものとは少し違う。

金に彩られた刺繍があちこちに縫われており、一際大きいロザリオが背中に施され、銀の装飾が重苦しいほど鏤《ちりば》められていた。

貫禄、立場、威厳、神聖、それらをまるで服一枚で示すかのように。

「皆さん、本日は遠路はるばるお越しくださり、誠にありがとうございます」

教皇が代々羽織る、公式の場でのみ見ることができる祭服。

「アリシア・アメジスタ——この場をもって、教皇の座に就くことを宣言いたします」

いつもの明るい姿は何処に行ったのか？　気品ではなく、祭服に後押しされるかのような貫禄と威厳が感じられる。

あの時、ビーチバレーで一緒に戯れた少女と同一人物には見えなかった。

これが教皇として世界多くの人間の頂点に座ることになった少女の姿。

フィルが内心で感心していると、一気に大聖堂中から静かな拍手の雨が降り注いだ。

傍にいる重鎮も、隣にいるカルアも、祭壇傍で見守っている聖女達も、同じように拍手を向けている。

フィルも釣られるようにして拍手を向けた。

こんな注目を浴びてこれからプライバシーさんもそっぽ向くだろうに、と。さり気ない同情の気持ちを抱きながら。

「堅苦しい挨拶などは控えましょう。私は教皇である前に一人の信徒であり、これからも主たる女神に身心を捧げる者。ならば、言葉ではなくこれからの行動により、私と教会の行く末を見守っていただければ。若輩者ではありますが——」

そう言って、アリシアは両手を前にして祈り始めた。

「信徒を代表し……【主たる女神に】」

それに合わせて、皆も目を瞑って静かに頭《こうべ》を垂れていく。

教会のしきたりやら習慣など知らないフィルだが、こればかりは今何をしているのかを理解した。

きっと、挨拶を短く終えてお祈りへと進めたに違いない。

自由を理想とするからこそさして神も信じていないフィルだが、この場で目立つ方が後々面倒なことになりそうだと同じように目を瞑る。

せっかくなので、神へ一言――

（おいコラ、いつになったら俺に自由を与えてくれるんだ。なんか最近望んでいる方向と違うぞ早く宴会中止して真面目に仕事しやがれこんちくしょう）

とても罰当《ばちあ》たりな野郎であった。

（……っていうか、これっていつまで目を瞑っていればいいんだ？）

目を瞑っていればいつやめていいのか分からない。

皆黙っているため耳で判断することもできないし、早くやめて、ずっと目を瞑って……などをしていれば、せっかく空気を読んでお祈りをしているのに注目されることになってしまう。

ちゃんと勉強しておけばよかったなと、そう思っていた時。横にいるカルアから肘で小突かれた。

そのタイミングで目を開け顔を上げると、ちょうどよく近くの人間達も顔を上げていく姿が映った。

「（流石は相棒。メンタリストもビックリするぐらいの助け舟だったぜ☆）」

「（伊達にあなたの相棒を続けてないわよ）」

どこか誇らしげな表情を浮かべるカルア。

本当に頼りになる相棒だ、さり気ない危機が絶妙に回避された。

「皆様の祈りは必ず主たる女神へ届いております。皆様一つ一つの祈りが、女神に認められるよう微力ながら教皇として、一人の信徒として願っております」

ペコリ、と。アリシアは祭壇前で頭を下げると、そのまま袖の方へと向かっていった。

確かこれから遺物の継承があったような？　なのにどうして下がるのだろうと、フィルはふと首を傾げる。

すると、何故かミリスまで一緒に袖へと向かって行き――

『私、超頑張った！　本当に頑張った！　ねぇ、もう終わりにしない!?　終わりでいいよね!?　十六歳でこんな重鎮さん達の前で「頑張りますね♪」って絶対にしちゃいけないと思うの、気分は学園入学前に抱負を語るようなものだよボリューム満点の！　誰が抱負のハードル上げろって言った私だよ分かってるけど胃がキリキリしちゃうよ十六歳なのにッッッ！！！』

『よしよし、です。あと少しなので頑張りましょうね』

……何やらそんなやり取りが聞こえてきた。

とはいえ、ここでツッコミを入れるなどという無粋な真似は何故か誰もしなかった。

やっぱりあんな姿でも歳相応の女の子なんだな、と。フィルは恐らくこの場にいる皆と同じようなことを思ってしまう。

「(ねぇ、普通に聞こえちゃってるけどあの子大丈夫なの？　こう、神聖で正式な場でもあるんだし……)」

「(そういう子の方がご老体には人気が出るんじゃないか？　同じおじさんよりもうら若き女の子だとお小遣いもあげたくなるもんさ)」

「(気持ちは孫ね)」

「(その孫も、今ではおじさん以上の権力を持っているがな)」

恐らく、この場にいる誰よりも実質的な権力は上に違いない。

今ではアメジスタという伯爵家の家名もただのお飾りになってしまっているのが驚くべきところだ。

『ほら、教皇様。次の遺物継承が終わればお終いですよ！』

『うぅ……どうせこのあともパーティーあるじゃん。こうなったら、フィルくんの傍にべったり引っ付いて巻き添え食らわせてやる……ッ！』

『で、でしたら私もご一緒しますねっ！』

おっと、何やら不吉な話に。

フィルはこれが終わった瞬間早々立ち去ることを決意した。

「ご、ごほんっ！　お、お待たせしました」

そんなこんなしていると、袖からアリシアが少し気恥ずかしそうな様子で姿を現した。

心のヘイトをしっかり吐き出せたのだろう。それと同時に、反対側の袖から二人の修道女が現れた。

手には白い布で覆われた板を持っており、色も形状すらも遠目ではよく分からない。

「それでは、遺物の継承を執り行います」

ここで、初めて聖女の一人が声を発した。

ウィンプル越しに覗く、アメジスト色の髪を携えた少女。歳はフィル達と同じぐらいだろうか？　幼さの残る美しい顔立ちに、アリシアよりも少し大きいぐらいの体軀。静かに開かれるエメラルド色の双眸はどこか幻想的で、こうして声を発した瞬間に意識を惹き付けられる。

「(なぁ、あの聖女って誰？)」

「(あなたって本当に俗世に興味がないわよね)」

「(自分オンリー、自分の自由にしか興味がないからな)」

「(はぁ……シャナ・サイルナ。『保守派』の聖女だった子で、『友愛』の聖女って呼ばれているわ)」

「(『友愛』の聖女？)」

フィルはシャナと呼ばれる少女を横目に首を傾げる。

「(聖女の中で、誰よりも分け隔てなく接してくれるの。友人のように、誰にも分け隔てなく友好を見せるって有名。だから『友愛』)」

誰にでも分け隔てなく、という言葉だけならミリスも当て嵌まったのかもしれない。

しかし、ミリスは誰に対しても同じ優しさを向けられるのであって、友好と言われれば少しズレている。

その点、シャナという少女は正真正銘の友好だ。老若男女問わず、まるで友達だったと思わせるような態度で接してくれる。

己の立場が聖女であるにもかかわらず、誰にでも同じ友好を見せる人間は珍しい。

人ができている、というよりかはシャナ自身の性格がそっちのベクトルに向いているのだろう。

だからこそ、周囲から『友愛』の聖女とまで呼ばれているのかもしれない。

「（ふぅーん……随分と変わり者の聖女がいるもんだ。友達百人目指している新入生に接し方の講座でも開けばぼろ儲けだろうな）」

「（その点はリリィ様と似ているかもね。特別ゲストとしてお呼びすれば、申し込み殺到しそう）」

「（世界一豪華な講座の出来上がりだな。コミュニケーションが苦手な人には是非とも受けていただきたいものだ）」

そんな軽口を叩きながら、フィル達は視線の先の進行を見守る。

シャナという聖女が修道女の持ってきた白い布に手をかけ、手品の種明かしでもするかのように勢いよく捲り上げた。

露わとなったのは本……ではなく、手から少しはみ出しそうなほどの大きさをした巻物。

あれがアリシアの言っていた教皇に代々受け継がれる遺物なのだろう。

シャナは巻物を両手でしっかりと持つと、そのまま祭壇に上がったアリシアの下へゆっくりと運んでいく。

参加者に見えるよう、一度大きく掲げると、その瞬間に淡い光が礼拝堂全体を包み込んだ。

「(あれから少し調べてみたのだけれど、どうやら継承をする際は聖女が恩恵を遺物に注ぎ込むみたいね)」

「(え、なに女の子からのマーキング？)」

「(それによって特に何が起こるわけでもないけど、ちゃんと神と最も近しい聖女が認めましたって証を残すためみたい)」

「(ほぉー、マーキングって言うよりかは書類にハンコを押すって感じか)」

となると、今目の前で見えている光は神からの恩恵というわけだ。

今思えば、ミリスが見せてくれた女神の恩恵もあのような光を発していたような気がする。

本当に聖女なんだなと、遺物よりも遺物を掲げているシャナの姿に目が行ってしまった。

しばらく光が礼拝堂を包み込んでいると、光が収まらない状態のままシャナが遺物をアリシアの前へと向けた。

「教皇、アリシア・アメジスタ。どうか女神のご加護があらんことを。我、女神に仕えし聖女、シャナ・サイルナは貴方様に遺物が継承されることを望みます」

そして、アリシアは小さく笑みを浮かべて遺物を受け取り、

「ありがと、しっかりと受け取ったよ。それにしても――」

アリシアの背後に、巨大な金の天秤が現れた。

「私の前で、よくもまぁ嘘ついたね？」

ドクン、と、激しい圧迫感が突如礼拝堂を包み込んだ。

礼拝堂にいる招待された面々も、見守っていた教会の人間も、横にいる聖女ですら遠目からでも分かる戸惑いを見せる。

(あれは確か、アリシアの)

――魔術。

いつぞや、アリシアから直接見せてもらった天秤と酷似している。

あれが現れたということは、今現在アリシアはこの大々的な場で魔術を使用したということだ。

これは演出か？　一瞬そう思ったが、周囲の反応が明らかに想定内だとは思えない。

一体何が起こっているのか疑問に思うフィルは、圧迫感が支配する空間でアリシアを見守った。

「私が嘘嫌いってシャナ・サイルナだったら知ってるのに、よく嘘がつけたもんだ。しかも、それが何を意味するのかも知っているクセにこんな場で。あ、今のは緊張しちゃって言い間違えたのかな？」

「…………」

「でも一応聞いておくね、こんな大事な場だもん――Truth or lie《真実か嘘か》？」

アリシアは遺物を手にした状態で一歩近づく。

少しだけ静寂が礼拝堂内を圧迫感に混じって支配したが、対面にいるシャナが口を開いたことによって霧散した。

「……だから私はやりたくないってちゃんと言ったのに」

ゆっくりと、シャナはアリシアに向かって顔を上げる。

「アリシアの魔術は返答強制。だから言ってやる——答えは『lie《嘘》』。私はアリシアに遺物が渡るのを望んじゃいない」

ざわざわ、と。シャナの発言に周囲にいる圧迫感から解放された招待客がざわつき始める。

教会を代表する聖女の否定。その言葉がどれほど重大なことか。

遺物は教皇になる者にのみ与えられるものであり、教皇だという証に他ならない。

そこを否定するということは、つまり。

「……シャナちゃんは、私が教皇になることを望んでくれているのかと思ったよ。同じ派閥だったしね」

「勘違いしてもらっちゃ困るけど、私はアリシアが教皇になることは望んでいる」

嘘はついていない。その証拠に、アリシアは眉を動かすだけでなんのアクションも起こさなかった。

「ただ、遺物を手にするのは私だって思っているだけ」

シャナは重鎮が見守る中で堂々と言い放つ。

否定、とは違う。明らかな矛盾。

教皇であることに対しては認めているのに、教皇の証である遺物だけは認めない。

「反発？　今更異議申し立てますって感じ？」

「いいや、異議なんて今更しても遅いでしょ」

きっと、この場にいる誰もが明らかに戸惑っていることだろう。

教会の人間も、同じ聖女達も、教皇であるアリシアも。

ただ、目の前にいるシャナだけは――

「どうせ今日やるって決めたんだ」

堂々と、胸を張って、臆することなく唐突に天に向かって指を鳴らした。

「異議は申し立てない。その代わり、力尽《ちからず》くでいかせてもらう」


その時、天に広がるステンドグラスからひび割れるような音が聞こえてきた。

いきなり別の場所から音が聞こえれば反射的に振り向いてしまうのは人の性《さが》だろう。

だからこそ、この場の多くの者が目撃してしまう――ステンドグラスに覆われた天井が砕かれ、黒いローブを羽織った人間達が姿を現した瞬間を。

『きゃぁぁぁぁぁぁぁぁっ！！！』

『襲撃か!?』

『おい、騎士はどうなっている!?』

ステンドグラスが砕かれたからか、それとも謎の人間達が現れたからか。礼拝堂は一瞬にしてパニックに陥り、皆一様に出口へと早々に向かっていった。

『お、落ち着いてくださいっ！　皆様、どうか慌てず礼拝堂の外へ！』

修道女や警護していた騎士達が入り口を開放して参加者を外へと促す。

己の命がかかっている以上、冷静に落ち着いてなどいられない。いくら命の危険付き纏う重鎮達であろうとも、出口が見えれば駆け出すに決まっている。

正に大混乱。降り立つ四名の人間から遠ざかるようにして、参加者は出口へと向かっていった。

「平和って、平和至上主義の場所でも訪れないもんなんだな」

「そうみたいね」

逃げ惑う人達の中で、フィルとカルアは動じずその場に留まる。

しかし、そうは言ってもたった二言の間だけ。

英雄と呼ばれる男はゆっくりとその腰を上げた。

「俺は老若男女問わず助ける英雄《ヒーロー》じゃないが、知り合いがいる場所ぐらいは守ってやるか」

「なんだかんだ言って誰でも助けるクセに。じゃあ、私はあなたの傍にいつも通り……寄り添ってあげるわ」

軽口を皮切りに、二人の姿が一瞬にして消える。

次に姿が見えたかと思えば、フィルとカルアは降り立ったローブの人間の眼前にまで迫っていた。

フィルは己の『縛り』の空間へと潜り、即座にローブの人間の下へ。

カルアは音速を超える速さで一直線にもう一人の人間の下へ。

想定外か、想定内なのか。ローブを羽織った人間達の表情が仮面の下に隠れているせいでよく分からなかった。

しかし、そのようなことは関係なし。

乱入者である以上、ここにいる人間は捕獲しなければならないのだ。

「ちょっくら、サプライズの登場にしてはやりすぎじゃねぇのか？」

下から姿を現したフィルが一人に向かって手を伸ばす。掴み、『縛り』の世界に連れ込んでしまえば、無力化など造作もない。

だが、フィルは引き摺り込むための手をすぐさま引っ込めてしまった。

どうして？　いや、何せ掴もうとした相手の体が真っ赤に燃え上がったのだ。

「レディーに気安く触るなんて、『影の英雄』はどんな躾《しつけ》されてるんですか？」

声音的に女性。

ようやく対面した人間の素性が分かった——など、どうでもいい。

己が激しく燃え上がっているのにもかかわらず、平然とした態度。つまり、己にはまったく影響がなく、己が生み出したのであるということ。

明らかに常識では考えられないものだ。

つまり——

「魔術師か……ッ！」

「ご明察。ダンスのお誘いをされたからには、ちゃんとお相手をしてもらいますよ？」

直後、フィルと女を中心に円形の炎の柱が広がる。

逃がさないとでも言っているかのように己を取り囲む火柱。それをこの一瞬で生み出してみせたことは、もう魔術師だと疑いようがなかった。

「チッ！」

己の空間内で行き来するフィルにとって、肌を焼くほどの炎が行く手を阻んだところで大した影響はない。

しかし、こんな魔術師を放置すればこれからどれほど被害が出ることになるか。

その不安が、自然とフィルを相対させた。

一方で――

「フィル！」

火柱が立った瞬間、カルアは思わず動きを止めてしまった。

カルアの魔術はシンプルかつ強力であれど、動き続けなければ速度が上がることはない。

そこが油断を誘ったのか、カルアの頬に拳がめり込んだ。

「グッ！」

「嬢ちゃんの相手は俺がさせてもらおうか！」

黒いローブを羽織った人間。こちらは程よく歳を取った男だろうか？　いや、やはり関係はない。

カルアはすぐさま意識を切り替えて目の前の男へと音速同等に加速された蹴りを放つ。

だが――ただただ鈍い感触だけが、足に伝わった。

まるで、極限までに圧縮した岩石を蹴ってしまったかのように、強化された足に痛みが走る。

「おいおい、やっぱり女の子はこんなもんか？　軽くて仕方ねぇ」

「……腹が立つわね」

カルアの蹴りは、それこそ容易に人の頭蓋骨など砕く。

己の魔術によって強化された速さと強度は、ただの一振りでも強大な武器だ。

なのに、目の前の男は平然としている。甲冑を纏っているように思えないし、結論考えられるのは――

「じゃあ、私達は～」

「……うん、こっちだねお姉ちゃん」

そんな思考の最中、残る二人が一斉に駆け始めた。

向かっている先は、祭壇にいるアリシアの下。逃げる様子もないアリシアが狙いなのか、それとも別の何かがあるのか。

「しまっ……!?」

このままではアリシアの身が危ないと感じたカルアの視線が変わる。

そんな時、腕が目の前の男によって掴まれた。

「セクハラだって訴えないでおくれよ？　嬢ちゃんを行かせるなっていう契約なもんでね」

「ちッ！」

カルアの速さであれば、二人に追いつくなど容易だ。

とはいえ、それは腕を掴まれていなければの話。振りほどこうとしてもビクとも動かず、カルアは歯痒さによって思わず舌打ちをしてしまう。

　このままでは、アリシアの下へ乱入者二人が辿り着く。

　相対した二人が魔術師である以上、向かっている二人も同じ魔術師だという可能性は高い。

　となると、なんとしてでも自分が向かわなければ。アリシアが魔術師だとしても、本人曰く非戦闘向き。まともに戦えるとは思えなかった。

（フィルに向かってもらう!?　いや、そうするよりも多分――）

　その時、

「うぇ？」

「……あ、やばっ」

　酷い金切り音が響き渡り、向かった二人へと眩い光が通過した。

　何が起こったのか？　カルアだけでなく男まで驚いて光の下へと視線を向ける。

　そこには逃げ惑う空気の中、緊張感すら感じられない悠々とした姿で座る一人の少女の姿。

「ふむ、随分と面白い状況になって来たじゃないか。これも一種の催し物かな？」

　ウェーブのかかった金の長髪を揺らし、一国の王女であるシェリーはゆっくりと立ち上がる。

「逃げて、なかったんですか」

「逆に逃げる道理がどこにある？　私も魔術師だ、こんな探究しがいのある面々が揃って逃げる道理など、どこにも見当たらないな」

　不遜に、それでいて堂々と。

焦げ臭くなった光の先を見てシェリーは口元を釣り上げた。

「それに、この前はそちらの英雄と小さなメイドにしてやられて少し魔術師としてのプライドが折れそうなんだ。ここいらで憂さ晴らしと私の成果発表でもさせてもらうよ」

イカレ野郎、と。カルアは内心で悪態を吐く。

だが、シェリーの参戦は正直ありがたい。いくらフィルが『影の英雄』と呼ばれようとも、カルア自身の力に自負があったとしても、魔術師四人相手に周囲の人間を守り切れる可能性は低い。

誰かしらが狙われ、傷つき、それによって優しい大切な人《フィル》が後悔してしまうかもしれない。故に、シェリーの参戦は渡りに船。他国の王族である以上、本来は護衛対象にはなるのだが、今はそのようなことは関係なしだ。

とはいえ、相手は四人でこちらはシェリーを含めても三人。

「ふむ……一人逃がしたか」

抉れて収まった光の跡には一人の少女の姿があった。

ローブがボロボロになり、剝がれてしまった仮面の先には忌々しそうな表情を向ける幼い顔が見える。

「……クソ、野郎。少しは歳下に気を遣え」

「気を遣ってほしいのなら、年長者を敬うところから始めるといい」

シェリーはどうしたもんかと、目の前にいる少女を見て思う。

(逃がしてくれそうもないな。しかし、もう一人まんまと逃げられてしまったのだが……)

ふと祭壇の方へと視線を向ける。

こんな状況であるにもかかわらず、教皇とシャナという聖女はその場で顔を動かさずただただ見つめ合っていた。

聖女や関係者の姿は見えない。恐らく入り口とは違う教会関係者の知る裏口から避難したのだろう。

(まぁ、私には関係のない話か。どっちが死のうとさして変わらんしな……あぁ、いや。できれば教皇の方に生き残ってもらいたいな、フィル・サレマバートには借りがあるからね)

そう思い、シェリーは祭壇へと向かっていくもう一人の乱入者に指を向けた。

すると――

「がうがうわんわ～ん♪」

「ッ!?」

一振りの大槌が乱入者の小柄な体軀を捉える。

どこから現れたのか？　そんな疑問をシェリーが抱いている内に、乱入者の体は礼拝堂の壁まで吹き飛んでいった。

綺麗な模様が描かれた壁は砕かれ、土煙が舞う中瓦礫が落ちる音が響く。

ひらりと、装飾艶やかな修道服を靡かせた少女が、一回りも大きい槌を抱えて新たに空間へ降り立った。

「いったぁい！　いきなり何!?　新手のいじめ!?　訴えたら勝てるよ勝てるもん！」

「いじめじゃないよぉ～？　これは皆に迷惑をかけた、オ・シ・オ・キ♡」

聖女であるキラ・ルラミル。

『正義』の理想を掲げ、多くの悪党を葬ってきた正真正銘の魔術師。かつてフィルと相対し敗れてしまったものの、その力は未だ健在。

この子がいるなら安心だな、と。シェリーは改めて目の前の少女へと向き直った。

そして、キラに吹き飛ばされた乱入者は瓦礫から顔を出して激昂を始める。

「何が「オ・シ・オ・キ♡」だ！　年増があざとさ狙って可愛い子ぶってもメディア映えなんか狙えないんだぞ！」

「むかー！　なんて失礼な子なの！　こう見えてもお姉ちゃんは二十代前半！」

「私は十代！　お姉ちゃん歴としてもピチピチの若さ！」

「わ、若さマウントは一番やっちゃいけないの……お姉ちゃん、本当に激おこプンプンなんだから～……」

キラは額に青筋を浮かべながら大槌を構え始める。

目の前には、ゆらりと瓦礫の中から起き上がるローブ姿の少女。キラは怒気を抱きながらも額から一雫の汗を垂らす。

（う～ん……こう見えてもお姉ちゃん、パワーだけは誰にも負けないぐらいすんごいんだけどなぁ……）

キラの魔術は特定の相手以上の力を引き上げるというものだ。

対象にした相手がどれほどの力を持っていたとしても、必ず一定値を超えてキラのパワーを強化してくれる。

大槌を持っていないと発動しないというデメリットこそあれど、全ての敵に合わせられ、超えられるキラの魔術は異常。

そのために与えられた一撃は必ず相手を超えてくるのだが――目の前の少女はなんの影響もなく起き上がってみせた。

（フィルくんにいいところを見せたいところなんだけどぉ～、これはお姉ちゃんも気合い入れないとダメかにゃぁ～？）

それでも、キラは大槌を握り締める。

不思議と己の慕う『影の英雄』と同じ空間に立っていることが、握る力を更に強めてくれた。

◆◆◆

アリシア・アメジスタはこの状況を傍観側から見守っていた。

楽観的で危機感もない、責任感もないと思われるかもしれないが、ここで動くわけにはいかないという考えがあった。

何せ、目の前にはこんな状況にもかかわらず落ち着いた様子でこちらへ向き直っているシャナの姿があるのだから。

「振り向いてないけどさ、今の状況分かってる？　すんごい光景になってるよ？」

「分かってる」

　分かっていてなお、動じない。

　これが何を意味するかなど、言わずとも大方察してしまえる。

「ふぅ……やってくれたね、シャナ・サイルナ。これじゃあ私の花道もぐちゃぐちゃだ……ちゃんと元に戻してくれるんだよね？」

「ご丁寧に戻す気はない。でも、安心して……あの人達には、ちゃんと誰も殺さないって話で契約してるから」

「なるほど、っていうことはあの人達は雇われの魔術師なんだね」

　てっきり、シャナと同じ目的を持った仲間だと思っていたのだが、予想は外れていたらしい。

　雇われの魔術師とは、その名の通り誰かに雇われて契約を履行する魔術師達のことだ。

　集団に属さず、理想を自由に追い求めたい人間が金ほしさになることが多く、その大半が家柄に縛られない平民だったりする。

　いつぞや、カルアが戦地で見つけたイリヤという少女も雇われの魔術師で、平民の出身だった。

　魔術師自体の母数は少ないが、その中の魔術師の多くはこのような形で生活している。フィルやカルア、シェリーといった貴族が魔術師となる方が珍しい。

　魔術師になる人間は理想を渇望する。金銭というどうしようもない理由から生まれる理想もあるため、大抵の魔術師は平民出身だ。結果、雇われの魔術師という枠組みにいる人間が増えてしまう。

「聖女してたらお金はいっぱい貯《た》まるからね。おかげで難なく雇えた」

「この前、山奥に家を買ったって言ってなかった？」

「山奥だから安かったんだよ。それに、家って言うよりも小屋って感じの我が家だし、アリシアにお金を借りなくても大丈夫だった」

「言ってくれたら貸したよ？」

「嫌だね。だって、アリシアの前じゃ何を言っても誤魔化せないから」

シャナの姿越しに激しい火柱が立つ。

大聖堂が誇る礼拝堂も、魔術師四人の参戦で滅茶苦茶だ。幸いにして、今は避難も終わったようで魔術師しかこの場にはいない。人に被害が行くことはないだろう。

終わったらまた仕事増えるなぁ、と思ったのと同時に味方の魔術師が四人もこの場にいてよかったとも思う。

そうでなければ、こうしてシャナと話すことはおろか、みすみす思い通りのプランを描かせてしまうことになっただろう。

「それじゃ、そろそろお話聞こうか」

巨大な天秤を背後に、アリシアは口にする。

「あなたの目的は何？　あぁ、返答は慎重に選んでね。私の罰則は高いから」

「…………」

「あと、私の質問に黙秘権はない。そういう魔術だし、その強制力から逃れられる力なんてシャナ・サイルナにはないでしょ？」

アリシアの理想は『真実』。その理想を叶えるために設けられたテーマは『審判』。

相手の発言や行動に対する嘘を見抜き、相手の嘘を判別するために己の質問への回答を強制する。

嘘に応じて下された判決によって生まれる罰則は重く、その逆もあるのだが、全てはアリシアの裁量で決まる。

己で罰則を決められるなら、思うように嘘だと決めつけ審判すればいいのでは？　なんて思うだろうが、アリシアが魔術を成立させるためのデメリットとして『嘘』が鍵になっている。

嘘を相手がつかなければ、アリシアは罰を下せない。要するに、『真実』という理想を追い求めるからこそ、他の願望は介入できないのだ。

「……正直に言わないといけないから正直に言うよ」

シャナは大きく息を吸い込む。

そして、アリシアが持っている遺物へ指を向けた。

「私はそれがほしい」

「教皇になりたかったってこと？」

「いや、違う。単に私はその遺物がほしいだけ」

アリシアの魔術に、嘘は感知されていない。

つまり、今の発言は真実。しかし、何故教皇になりたいわけでもないのに遺物がほしいのか？

それが分からなかった。

こういう内心まで分からないから使い勝手悪いよね、と。アリシアは内心で苦笑いを浮かべた。

だが、その疑問はすぐに相手によって明かされる。

「ずっと探してたんだ。あの子はどうやったら救えるのか。どの道を歩めばこんなことしなくてもいいのか。誰も救えない人を救うためにはどうすればいいのか」

カツン、と。今度はシャナが一歩踏み出す。

「そしたらさ、その遺物のことを知ったんだ。アリスト教の歴史、聖女の成り立ちが書いてあるその書物……そこに、手掛かりがあるんだって気づいた」

「……なんの話？」

アリシアは堂々と、敵であろう少女に向かって質問を投げる。

すると、聖女の一人であるシャナ・サイルナはどこか狂気じみた笑みを浮かべて手を広げた。

「私は魔術師を根絶やしにする。全ては魔女《あの子》を助けるために」

意味が分からない、と。アリシアは口にしそうになった。

魔女を救う？　魔術師を根絶やしにする？　魔術師を根絶やしにすることが救済に繋がっているのだろうが、どうしてそう思ったのか？

分からないからこそ、じっくり聞かなければならない。

間違いなく、この場を荒らした罪は重い。いくら聖女であろうとも、脅威であり敵であることには変わりないのだ。

捕縛、それしかない。

故に、アリシアは己の体内に巡る魔力を高めた。

「よく分かんないから、あとでちゃんと聞かせてよね！」

目下の目的は事態の収束。

雇い主さえ捕まえれば、自ずと依頼先の魔術師は行動を止めてくれるはず。そうすれば、フィル達が戦わなくても済む。

「……やる気？」

如《い》何《か》にも戦闘準備に入ったアリシアを見て、シャナは首を傾げる。

いくら自分が魔術師ではなく、戦闘能力のない聖女だったとしてもアリシアの魔術は戦闘向きではないはず。

まともに戦えるわけがない。逆に体格差でこちらに分があるように思える。

だからこその疑問。しかし——


「【シャナ・サイルナは膝をつき頭を下げることこそを真実とす】」


ガクン、と。シャナの膝から力が抜けた。

それどころか、まるで巨大な重りを乗せられたかのような重圧が頭部一点に注がれ、自然と頭を垂れるような体勢になってしまう。

「ッ!?」

いきなりなんだ、と。シャナの脳裏に空白が生まれる。

とはいえ、そんな思考の停止も一瞬のこと。誰がやったのかなど、この状況を客観的に見れば明白で――

「あんまり舐めてもらっちゃ困るよ、元仲良しこよしだった聖女殿？」

跪くシャナの顔を、アリシアはしゃがんで覗き込む。

「私は魔術師。非戦闘員で裏方作業を得意としても、現場で戦えないこともないんだぜ☆」

「……ッ！」

シャナは顔を覗き込むアリシアを見て歯噛みをする。

これは完全に油断だ。相手は戦場をも動かしてしまえるほどの魔術師で、その誰もが例外なく強大な力を持つ。

いくらか弱い少女に見えても、大槌を振り回したり人の目では負えない速度で戦う人間だっているのだ。

恐らく、これはアリシアという少女をよく知っているからこその油断なのだろう。

全て開示されていると思っていても、開示されていない情報は何かしらある。その開示されていない情報が開示されれば、咄嗟の判断は難しくなる。

「あの子の力を何も考えずに利用する魔術師が……ッ！」

「口悪っ！　あれー、ここに至るまでの過程が劇的すぎない？　まさか「実は親しい相手は親を殺した殺人犯！」みたいな関係まで悪化するとは思わなかったよ……」

悪化させたのは自分ではないのだが、あまりの嫌われように涙を浮かべる。

とても昨日まで「頑張ってください」、「ありがと！」を言い合っていた関係とは思えないほどであった。

「でもさ、そんな魔術師を雇って礼拝堂を襲撃しているんだから、皮肉だよね？　まぁ、戦力を揃えるんだったら魔術師って選択になるんだけどさぁ」

「…………」

「あー……うん。別にさ、私はシャナ・サイルナのことは嫌いじゃないんだよ？」

黙り込み始めたシャナを見て、アリシアは頬を掻く。

「教皇になる前から私のこと応援してくれてさ、歳も近かったから親近感が湧いてたし、ずっと味方でいてくれたのも嬉しかった」

アリシアは『保守派』の大司教として活動していた。

年端もいかない女の子。当然、お歴々達よりも若輩者で、魔術師の肩書きがなければこの地位まで上り詰めることはできなかった。

そんな肩身の狭かった中で、ミリスと同じくシャナはこんな若輩者の自分の背中を押してくれた。

いくら聖女という崇高な存在であったとしても、友好的に接してくれるシャナに親近感が湧かないわけがない。

今でこそこうして敵対しているものの、アリシアとて上手く状況は呑み込めていないし、信じられない部分も多かった。

「聖女だっていうのもあるけどさ、私はシャナの話を牢屋に入った状態で聞きたくなんかないよ。なんだったら一緒に色んな人へ謝りに行ってもいいし、修繕費用も私が出すからさ」

アリシアは優しい瞳を向けてシャナに手を伸ばす。

ピクリ、と。シャナの手が動いた。

先程まで指一つ動かせなかったというのに、今では徐々にひれ伏す体勢から変えられている。恐らく、アリシアが魔術を解除したのだろう。

シャナはアリシアの瞳を受けて、ふと天井を見上げた。

「……私が女神様から聖女に選ばれた時、色々な意味で結構酷かった」

語り始めたその言葉。アリシアは疑問に思いながらも耳を傾ける。

「今まで散々虐げてきたクセにさ、聖女って知った途端に手のひら返し。媚びへつらって下心満載で、虐げられていた時は私を見てくれていたけど、もう今度は私すら見てくれなかった」

そのエピソードを、アリシアは知らない。

何せ、シャナはアリシアが教会に入り、地位を上げ始めた時点でもう聖女だったのだから。

強《し》いて知っているのは、シャナは元々平民出身で、身寄りのない子供だったという。

それ以前の話も、その時の彼女の心情も当然知らない。

「私を見てほしい。私と仲良くなってほしい。聖女なんて肩書きじゃなくて、シャナ・サイルナとして接してほしい。いつしか、私の理想が決まっていた……でも、そんなことはなく、村の人は私を聖女としてしか見てくれなかった。おかげで、ずっと一人だった」

その話は、自分の知っているシャナとはとても結びつかなかった。

シャナ・サイルナは『友愛の聖女』とまで呼ばれるほど誰とでも仲良くなり、誰からも友達のように慕われてきた。

友好関係という点だけで言えば、教皇であるアリシアや他の聖女よりも多いだろう。

そんな人間が、まさか虐げられ、側しか見られず独りぼっちだったなんて。

しかし――

「ある時、私の下にあの子が現れたんだ……君達風に言うと、魔女って呼ばれる子に」

「それって、もしかして――」

「アリシアの言う通り、私の理想があの子に認められたんだ」

けどね、と。シャナは口元に笑みを浮かべた。

「私は断ったよ。違う、そうじゃないんだって。力なんかいらないから友達がほしいんだって。独りぼっちにしてくれない、お友達が」

まさかシャナが魔術師の土俵に上がりかけたとは。その発言には親しい者として驚かずにはいられなかった。

そんなアリシアの驚きを無視して、シャナは言葉を続ける。

「あの子は私の初めてのお友達なんだ。あの子のおかげで楽しい気持ちも、誰かと友達になる方法も学んだ。今の私があるのは、全部あの子のおかげ」

ゴクリ、と。アリシアは唾を飲み込む。

もしかして、もしかして。自分は思い違いをしていたのかもしれない――

(魔女をあの子と呼ぶぐらいの関係)

アリシアはすぐに立ち上がって体内の魔力を巡らせた。

(アビ・ビクランよりも魔女に近い子かもッ!)

その時だった。もう一度、礼拝堂の天井が破られる。

そこから飛び出してきたのは、またしても黒いローブを羽織った一つの人影。

真っ直ぐにこちらへ降りてくる人影の手元には剣が握られており、切っ先が真下にいるアリシアへと向けられていた。

(やっぱ!)

アリシアはすぐさま背後の天秤を輝かせる。

(今すぐに真実を書き換え……って、私名前知らないじゃんッ!?)

真実を一時的に書き換えることのできるアリシアの魔術は、相手を操作できる強力なものだ。

その気になれば相手を自殺に追い込むことができるし、事象そのものに干渉することも可能。

しかし、その代償として『干渉するものの名前の把握』というものがある。

つまり、操作したい物や人物の名前をアリシアが知り、命じなければアリシアの魔術は反応せず

――初見の人間に対しては、何一つとして効力を持たない。

（あぁ、くそドジった！　お化け屋敷のエキストラの名前なんてお客側は分からないってのに！）

己の身体能力で剣を避けられるか？　否、そこまで運動神経はよくない。魔術が使えないアリシアなど、そこらの箱入り令嬢と同じぐらいなのだ。

故に、アリシアはこの一瞬ですぐさま思考を切り替えた。

「【アリシア・アメジスタは今すぐ後方へ下がることを真実とす】！」

剣の切っ先がアリシアの腕に触れる直前、体は反射的とも言えるスピードで後方へと下がった。

無論、強制的に己の体を動かしたのだ。関節の至るところが軋み、アリシアの顔に苦悶を浮かばせる。

「……なんで来たの？」

シャナはフードを被った人間に向けて口にする。

「いや、結構ファインプレーだと思ったんだけど？　それに、そもそもこんな想定外になった時点で見張りなんかしてられないよ。教会の騎士も集まってきているしね」

あとは、と。フードの人間はシャナの体を抱き寄せた。

「もう引き際だ。彼も来るしね」

彼とは誰だ？　そんな疑問を抱いた時――

「おい、主役を客席に回らせて楽しかったか？」

地面から黒い影が生まれ、真っ直ぐにシャナへと伸びてきた。

しかし、フードの人間がシャナの体を抱えて飛び退《の》いたことで、現れた腕を辛うじて避ける。

影から舌打ちが聞こえ、ゆっくりとフィルの体が這い出るように姿を見せた。

「おかしいな、君には雇った魔術師が相手してくれていたはずなんだけど」

「あ？　そんなの、終わらせたから来たに決まってるだろ？　こっちは早くステージに上がりたくてうずうずしてたんだ、ファンサービスは簡潔に済ませた」

「流石は『影の英雄』。あの人も決して弱かったわけじゃないのにね」

忌々しそうに、シャナはフィルを睨む。

視界を礼拝堂に向ければ、確かにフィルと相対していた魔術師は姿を消していた。倒れている姿もないため、恐らくフィルの魔術に捕まったのだろう。

フィルの魔術は汎用性が高い。きっと、捕縛して隠す手段を持っている。

事前にある程度情報を仕入れていたシャナは「見くびったかな？」と、同じように舌打ちをした。

「アリシア、大丈夫か？」

「う、うん……大丈夫だけど、なんかこんなシチュエーションって二回目だよね。私、白馬の王子様を二回も招集しちゃってお姫様に怒られないかな？」

「安心しろ、怒りそうなお姫様は一人しか知らん。懇切丁寧にお話ししたらきっと優しいお姫様は許してくれるはずだ」

「そのお姫様が狂暴なんだけど」

フィルとアリシアの脳裏に赤髪の少女の姿が思い浮かぶ。

こんな状況で怒りはしないと思うが、怒らせたら一番怖いだろうな、と。二人は身震いした。

「って、そんなことより――」

フィルはアリシアを庇うように二人を見据える。

「こいつらが主犯ってことで合ってるか？」

「残念なことにね」

「聖女だろ？」

「本当に残念なことにね」

教会は新体制を敷いて纏まっていたと思ったんだが、と。上手く状況を呑み込めないフィルは小さくため息をつく。

教会の聖女が一人に、魔術師であろう人間が一人。声音的に恐らく男だろう。

対して、非戦闘向きでないとしてもこちらは魔術師が二人。戦力としてはこちらが有利だろうか？　ただ、相手の魔術師も聖女も力量は量りかねる。

（問題は聖女は殺さないで捕縛した方がいいってことだ）

……いや、問題ない。

己の魔術は『縛る』ことに関してはスペシャリスト。こと捕縛においては他者と比較にならない。

故に、フィルはすぐさま足元の影を一気に広げていく。

「ね？　旗色が悪いし、ここは一旦退《ひ》いた方が賢明だと思うけど」

「……うん」

フードを被った人間がシャナを抱えて跳躍する。

影に呑まれないよう退避したのだろうが、その距離がまるで人を抱えているとは思えないほど軽々としたものであった。

フィルが移した視線は壊れた礼拝堂の天井。そこに、フードの男とシャナの姿が映る。

「……魔術師ってさ、皆お猿さんもびっくりな超人なの？」

「いや、全員が全員超人だと思うな。せめて背中にワイヤー垂らした劇団員だろ。ってか、お前も超人枠の魔術師じゃねぇの？」

「私は無理っす」

「俺も登れないこともないが一気に跳躍は無理だな。ってことはそっち系統の魔術師なんだろ、カルアと同じで」

そんな話をしたあとすぐに、フードを被ったがたいのいい人間が少女二人を抱えて天井へと上がってきた。

礼拝堂の中を見ると、カルアとシェリー、キラがそれぞれ「逃がした」とでも言わんばかりの表情を浮かべている。

恐らく、リーダーが撤退したと判断したが故の行動だろう。

こいつもか、と。アリシアもフィルも苦笑いをしてしまった。

「また来るよ、フィル」

親しげに名前を呼ぶ男。何故名前を知っているのか？　などとまでは言わない。最近では『影の英雄』はフィル・サレマバートだと話題になり、各種方面で顔と名前が広がっていたのだ、敵が知っている可能性は大いにある。

しかし、ここまで親しく名前で呼ばれるなど意味が不明だ。

自分の知り合いか？　そんな疑問が生まれたが、そんなの関係ない。

「ハエを見つけてみすみす逃がすわけねぇだろ」

フィルは地面から生ませた影を集団に向けて勢いよく伸ばした。

その時、シャナを抱えた男が徐《おもむろ》に仮面を取った。

そして——

「……ぁ？」

フィルの表情と影が固まる。

何せ、

「感動の再会を演出するには、少し空気が悪いと思うしね」

フードを取った男の顔は、酷く幼なじみに似ていたのだから。

◆◆◆

教皇就任式の襲撃の話は、あっという間に広がった。

それも当然だ、信徒のみが生活する水上都市だけでなく、世界的に影響を与えるアリスト教の一大イベントともなれば世界が注目していたのだから。

遺物の継承こそギリギリ済ませられたが、来賓が集まる式としては失敗もいいところ。

内々には教皇が決まっていたものの、今回の件で周囲はアリシア・アメジスタの教皇としての立ち位置を疑問視し始めてしまった。

時間を空けて正式に執り行うか、それとも教皇就任式を簡略して教皇として居座るか。

それはこれからアリシアが状況を見て判断を下すことになるだろう。

そして、巻き込まれてしまったフィル達は――


「お久しぶりですね、フィル様」


現在、とある少女と対面していた。

「すみません、お時間いただいてしまって」

アリシアから少しの間貸してもらった大聖堂の客間。そこへ、現在三人の姿がある。

一人は上品な所作で微笑む桃色の髪を携えた少女。ライラック王国の第二王女であり、『知略』に長けた才女である。

そして、その対面に腰を下ろすのがフィル・サレマバート。巷で『影の英雄』と呼ばれる男は、いつものおちゃらけた空気など見せずに真剣な表情を浮かべていた。

最後に、フィルの傍付きと豪語するメイドはいつものように主人の傍に控えていた。

綺麗なドレスから着替え、今は周囲からでも容易に立場が判別できるメイド服だ。

「いえ、お気になさらず。今回もまたフィル様に助けてもらったようですので、これぐらいはお易い御用ですよ」

助けてもらった、というのは教皇就任式でのことだろう。

招待していたニコラももちろんあの場におり、避難できた一人だ。

もしも、フィルとカルアがあの場にいなければどうなっていたか？　大勢の中の一人だったとしても、助けられた事実には変わりない。

「ですが、用件は存じております――アビ・ビクラン……『英雄』のことでしょう」

「ッ!?」

「大方、シェリー様かアリシア様のどちらからか話を聞いた……もしくは、教皇就任式で何かがあったといったところでしょうか」

フィルはにこやかに笑ってのけるニコラを見て驚いた。

まるで見てきたかのように見透かしてくる発言。流石は『知略』に長けた王女と言ったところだろうか？　フィルは驚きつつも、冷静に話を続ける。

「……やっぱり、あいつはアビなのか？」

「今の発言からするに、フィル様はアビ様と出会われたという認識でよろしいのでしょうか？」

「相違ありません、ニコラ様の今の発言を聞いて確信に変わりました」

重たい空気。それを、傍で聞いているカルアは肌で感じていた。

（アビ・ビクラン……王国の『英雄』）

カルアは上っ面な情報でしか彼のことは知らなかった。

子供ながら魔術師へと至り、王国のために多くを救ってきた英雄。その実力は王国が抱える魔術師の中でも群を抜いており、世界的にも誇れる人間であった。

加えて、フィルの幼なじみだったという。

同じ領地で過ごし、家族ぐるみで仲がよく、ある日魔術師の才覚を見込まれ王国に招集されてしまった。

確か、この話はリリィが現れ、帰っていった時に改めて聞いていた話だっただろうか？　そして、もう一つ肝心なこと。これは、上っ面の情報しか知らないカルアも知っている――

（王国の英雄は死んでいる）

もちろん、この話はフィルだけでなく各所から耳にしていた話だ。

フィルと関わる前、令嬢として過ごしていた時に王国を騒がしたのを今でも覚えている。

『英雄』によって助けられた者は多く、大勢の人が嘆き、悲しみ、大々的に葬儀まで行われた。

そんな人間が実は生きている。

それを聞いて、幼なじみであるフィルが深刻にならないわけがない。

「……教皇就任式でアビに会った」

「そう、ですか」

ニコラは出された紅茶を手に取り、一息間を開ける。

紅茶を口にし、改めてカップを置くと透き通った双眸を真っ直ぐにフィルへと向けた。


「アビ・ビクランが死んだ……と、誤情報を流したのは私です」


ピクリ、とフィルの眉が動く。

これでも我慢した方だろう。何せ、アビが死んだという情報を知った時のフィルの感情を思えば、偽装されたことに文句がないわけがない。というより、怒っていてもおかしくなかった。

「……あいつの両親は知っているのか？」

「いいえ、親しい者にお話ししているのであれば、フィル様の耳にもお届けしたはずです」

「じゃあ、なんで……ッ!?」

「フィル」

落ち着いて、と。立ち上がり激昂してしまいそうになったフィルを、カルアが肩に手を添えて宥める。

それを受けて一瞬フィルが固まり、やがて大きく息を吸って再び腰を下ろした。

「……フィル様のお怒りもごもっともです」

静かに、フィルの態度を受け止めるニコラ。

「申し訳ございませんでした」

お礼、ではなく謝罪。

一国の王女である人間が、貴族とはいえ国民に対して直接頭を下げる。

この行動にどれほどの意味があるのかなど、フィルもカルアも分からないわけがない。

「あ、頭を上げてよニコラ！　ほら、フィル！　王女に頭を下げさせてどうすんの!?」

「いや、俺だって結構重要な話だったんだが……あぁ、いやすまん」

「私じゃなくて！」

「……すみません」

「あの、フィル様が頭を下げる必要はございませんよ？」

逆に頭を下げられたことに、ニコラは戸惑い始める。

ごほん、と。変な空気になってしまったタイミングで、カルアが咳払いを入れた。

「どうせ、あなたのことだから何かやむを得ない事情とかあるんでしょ。ニコラは政略には容赦ないけど、人道を無視するようなことはしないはずだもの」

「……カルア」

「だから、フィルも決めつけないの。まずは話を聞いてから、ね？」

「お、おう」

間に入って仲裁するカルア。

俺は途中落ち着いてたんだがと、少し不満に思ってしまったフィルであったが、そっと心にしまった。

「それで、何かしら理由があるとして……どうしてアビの死を捏造したんですか？」

「……彼からのお願いですよ」

お願い？　フィルは首を傾げた。

「どうしても守りたい子ができた、と。そう仰っていました」

「守りたい子って……」

「流石にそこまでは教えていただけませんでした。まぁ『英雄』の守りたい子……その情報が少しでも広まれば、利用しようとする輩が出てくるかもしれません。恐らく、アビ様はその可能性を生み出したくはなかったのでしょう」

個として最高位の実力を持つアビ。

当然、国がほしがったように個人的にもその力が欲しいと思う人間は大勢いる。更には『英雄』という名声までセットでついてくるのだ、そこいらの魔術師よりも素晴らしい人材に思えるだろう。

交渉や金銭的なやり取りで手に入れようとするなら構わないが、世の中それほど優しくないのは言わずもがな。

脅し、傷つけて支配しようと考える人間はどうしたって現れる。

もし、そこへ『守りたい人』という脅迫材料が現れてしまったらどうなるだろうか？　アビなら撃退できるだろうが、その子までどうかは分からない。

そういった側面をなくすために、恐らく情報を伏せたのだろう。

「……アビ様が私の下を訪ねてきた時は驚きました」

それを受けて、ニコラはふと懐かしむように言葉を続けた。

「その時、戦地に赴いたアビ様がお戻りにならず、しばらくが過ぎておりました。私が報告しなくても、城内はすでに戦死したのだと……そういう空気がありました」

戦地に向かった者からしばらく音沙汰がなければ、普通は戦死したと判断するだろう。

何せ、どこかしらで戦争が起き続けている昨今、戦場で死ぬ人間など悲しいことにあとを絶たない。

そのため、戦場で遺体が発見されないということも多々あり、そうなった場合国は発見不可の『戦死』という判断をすることがあった。

故に、しばらく戦場から帰ってこなかったアビを王国の人間は死んだのでは？　と思っていたのだ。

「ですので、アビ様が戻って来られた時は本当に嬉しいものでした。しかし――」

『ごめん、ニコラ様……できることなら、このまま僕を死んだ者として扱ってくれないかな？』

「…………」

「何故？　ということに対する返答は先程申した通りです。もちろん、私は反対しました。王国が正式に死者と扱えば、今後生きている者として扱うことができないのですから。もし仮に、生きていると分かれば……」

「面倒なことになります、ね」

「どういうこと？」

納得するフィルに反して、カルアは首を傾げる。

「いいか？　王国が認めるってことは王国全体で『死者』と確定させた時だ。もし、アビが生きている状態で誰かに見つかれば、どう思われると考える？」

「それは……よかった、じゃないの？」

「そりゃ、よかった万々歳だろうよ。アビは『英雄』だ、それこそお茶の間の人気者だから拍手喝采のパレードが始まるさ。けど、問題はそこじゃない……過去に誰一人として発見不可の死者が帰ってこなかったという部分」

誰一人として生還の実績がないということは、国民にとっては確実にも近い印象を抱いている。

そんな中で、発見不可の死者が戻ってきたら一体どう思うのだろうか？

「王国が死者として扱いたかった罪人か」

「アビ様を装った偽者と思われるでしょう」

「……ぁ」

「誤報という考えが国民から否定されている以上、マイナスな側面でしか憶測がされない。つまり、そこいらの人間ならまだしも、誰からも人気なスーパースターが死者として扱われることにメリットなんかないんだよ」

外を堂々と歩けず、毎日を肩身の狭い思いで生活しなければならない。

誰も自分のことを知らない人間ならまだしも、貴族やアビといった有名人であれば街を歩けば誰かしらに気づかれる。最悪、『影の英雄』としてのフィルのようにお面の生活が待っているだろう。

故に、せっかく生きて戻れた状況で死者として扱ってもらうメリットなど本来はないはずなのだ。

「しかし、アビ様には死者として扱われるメリットがあった」

「……確かに、一人を守りたいのなら『英雄』としての生活は足枷にしかならないですもんね」

魔術師としての『英雄』の生活は忙しいものだ。

どこに行っても助けを求める声が上がる。王国のヒーローと呼ばれるぐらいだ、求められれば手を差し伸べずにはいられない。

そんな状況が続いていて、果たして守りたい者の傍にいられるのか？　目を離した時に襲われるかもしれないのに。

本当に守りたい者がいるのなら、ずっと傍で見守るのが妥当で最善の選択だ。

「流石の私も、そのような理由があるのなら断るわけにはいきません。アビ様が王国に与えてくれた平和は計り知れませんから。周囲になんと言われようとも、私はその言葉を王女として履行する義務がありました。それに――」

「それに？」

「私個人として、彼には恩がありましたから。恩人の願いを断るわけにはいきませんよ」

恩という言葉に疑問を持ったのは、恐らくカルアだけだろう。

フィルは覚えていなかったが、いつぞや、ニコラ本人から直接昔助けられたことがあると聞いた。

迷子になっていた時に、自分とアビが一緒になって――と。

「もちろん、死者として扱う場合は徹底的に情報を隠匿しなければなりません。下手に報《しら》せてしまえば、知った者が虚偽の報告をしたとして罰を受ける可能性もありましたから。それはアビ様も承知しております」

知り合いも、家族も、妹のように接していたリリィも、親友と呼んでいたフィルにすら黙っていた。

そこにどれほどの覚悟があったかなど、言わずとも分かる。

「…………」

「……フィル」

天を仰ぎ、言葉を止めるフィルを心配そうに見つめるカルア。

ニコラは手元の紅茶を一口含むと、まるで肩の荷が下りたかのようにどこかスッキリとした表情を見せた。

「……以上が、私と彼の秘密です」

「ありがとう、ございます」

「お礼を言われることなどありません。私は欺いた側としてここにいるわけですから」

ニコラはそう口にすると、腰を上げてフィル達の横を通り過ぎた。

「ご質問はいつでも受け付けます。ですが、此度《こたび》はこれまで――国王より、早期帰国を命じられましたので」

「なんでそう言われたの？」

「普通に考えれば分かりますよ、カルア。私はこれでも王女です……テロリストが存在する袋の中に大事な大事なネズミを放置するわけにはいきません」

　水上都市は四方を海に囲まれた島だ。

　ルートは船に限定されており、いざという時の逃げ場を作り難い。

　今回は教皇を狙って襲いに来たが、次にいつ自分へ矛先が向かうかなど誰にも読めないのだ。

　王国として、一人の父親としては大事な王女を危険な目に遭わせるわけにはいかない。当然の判断である。

「では、カルア、フィル様……後味を悪くしてしまいましたが、またいずれお会いしましょう。あなた方であれば、私はいつでも席をご用意いたしますので」

　そう言って、今度こそニコラはアリシアの用意してくれた客間から出て行った。

　パタン、と。扉の閉まる音が聞こえたあと、室内に静寂が広がる。

　いつものフィルと自分では中々体験しない空気に、カルアは居心地の悪い思いがし始めた。

「……悪い、少し一人で考えさせてくれ」

　フィルが小さくそんなことを言い始める。

　後ろで控えている状態のため、口にした時のフィルの表情は残念ながら見ることができなかった。

しかし――

「お、おい……」

カルアがフィルの横にまで回り、徐に腰を下ろした。

一人にしてくれと言ったのに、どうして傍に来るのか？　フィルは想定外の行動に少し戸惑ってしまう。だが、カルアは横に座ったままフィルへ肩を寄せ始めた。

「一人にさせるわけないでしょ」

さも当たり前のように、カルアは口にする。

「存分に考えればいいわ。どんな結論になってどんな想いになったとしても、私は寄り添ってあげるわ」

居心地が悪いと思っていたはずなのに、カルアはそう口にする。

「…………」

甘い香りが鼻腔を擽《くすぐ》り、仄かに温かい感触が肩に伝わる。

とても小さな肩だ。華奢で、支えてあげたくなるような細い腕。

だけど、伝わってくる体温はどこか安心するような頼もしさがあって、呆けていたフィルはすぐに小さく吹き出してしまった。

「……ほんと、お前はいい女すぎるよ」

その言葉に、カルアの返答はなかった。しかし、部屋には二人が当初感じていた居心地の悪い空気などなく、そのまま静寂を含んだ時間だけが過ぎていった。

残る者

「うーん、一応もう一回仕切り直すことにしたよ」

肌をゆっくりと焦がしていくような熱い陽射し、耳に心地よく響く小波《さざなみ》、活発でどこかうるさい海鳥の鳴き声。

不思議と落ち着くような空間が広がっており、その中でアリシアは軽い調子で口にする。

「おう、そうか」

「まぁ、あんなことになっちゃったし、私も元よりやりたくない派だから綺麗な白紙に戻したいのは山々なんだけど、それで各国から教皇が侮られるって話になるとそれはそれで面倒だからさぁ」

このままでは『怖気づいた教皇』という話が広がってしまう恐れがある。

一応遺物の継承までは済んでいるために再度執り行わなくてもいいのだが、そうしてしまうと中途半端なまま教皇としてのポストに座ることになってしまう。

そうなれば、己の命惜しさに強引に教皇になったという印象を与えることになる。

世界最大宗教、そのトップ。ただでさえ小さな女の子で侮られやすいというのに、臆病者のレッテルを貼られてしまえば、アリスト教全体が侮られる可能性が生まれてくるのだ。

アリスト教を纏める者として、そこだけは避けなければならない。

「それに、今回はうちの聖女がやらかしたわけじゃん？　その火消しもかねて行わなきゃ示しがつかないわけですよ、周囲だけじゃなくて教会内部にも。やれやれ……どこまで出世しても社畜に舞い降りてくるのはお仕事かお仕事なんだね」

はぁ、と。アリシアは大きなため息をついて膝へ顔を埋めた。

そんなアリシアを見て、フィルは尋ねる。

「……なぁ、一個聞いていいか？」

「どうぞぅー」

「それじゃ、遠慮なく」

許可をいただいたことで、フィルは視線を前に向けながら口を開いた。

『わぁっ、カルアさん！　砂のお城を作るの、すっごくお上手ですね！』

『これも淑女の嗜みですので』

『むむっ、フィルくんのナンバーワンは侮れないねぇ～』

「……どして、そんな深刻な話がこんなバカンスの一幕で行われるわけ？」

そう、現在フィル達は一度やって来たビーチへと足を運んでいた。

各々濡れてもいい服を着用、夏の思い出に色濃く描かれる美少女達は日が照り続ける中で砂のお城製作に勤しんでいた。

あんなことがあったのに、と。そう思う人もいるだろう。安心してほしい、フィルもそう思っている。

「何言ってるの、フィルくん！　社畜だって休息ないと死んじゃうんだよ!?　馬車馬だって人参ほしいんだよ!?」

「いや、それには大いに同意するんだが……こう、なんていうかな？　エピローグ手前の感動シーンがお手洗いの中で行われるとか、そういう感覚になってんのよ分かる？　もう少し違う風景で仕切り直す系の話はできなかったもんかね？」

アリシアに「これからの話がしたい」と呼び出され、付いてきたらこれだ。

いつの間にか己も水着になっているし、これでは真剣な話どころかただ遊びに来ただけである。

「それで、フィルくんは水上都市に残るの？」

アリシアはフィルの疑問を無視するかのように唐突に話題を切り替えた。

「一応な。アビのことも気になるし、どうせもう一回現れるんだろ？」

「また来るってご丁寧な犯行予告くれたからね」

「まぁ、あとは知り合い特権にサービスを提供しようと思ったからかな。戦力は多いに越したことはない。カルアもいてくれるって言ってたしな」

「さっすがフィルくん、やさしぃ～♪　って軽口は置いておいて、結構助かるかな。世界最大宗教って言っても、魔術師は二人しかいないわけだしね」

その内の一人は非戦闘向きだ。何人も魔術師を引き連れたシャナに対してキラだけで立ち向かうのは難しい。

　そう考えれば、フィルとカルアの滞在はアリシアにとってありがたいことこの上なかった。

「ねぇ、フィルくんが捕まえたあの雇われの魔術師は？」

「今なら優雅に大聖堂の客間で紅茶を嗜んでいるよ。肝が据わっているというか、なんというか……我儘お嬢様を相手にしているようでちょっと新鮮だった。その代わり、べらべらと色んなことを話してくれたが」

「雇われってだけはあって仲間意識は薄いんだね」

「だろうな、捕まって守秘義務を守りながら死ぬか、口を割って生き長らえるかって言われたら後者に傾くんだろ。といっても、やっぱり案の定何もめぼしい情報は持っていなかった」

　フィルが戦闘をした雇われの魔術師。

　あれから動機やら目的やらをしっかり聞き出すために『縛り』の世界から出したのだが、これといった情報は得られなかった。

　雇われの魔術師はやるべきことを提示されて実行するだけの傭兵に近い。

　雇い主がどんな思想を持ち、壮大な目的があるかなど関係ない。命じられたことを、契約に基づいて履行するのみ。

　おかげで素直に話してくれたのが、フィルが聞いても契約金とこの大聖堂をシャナのタイミングに合わせて襲撃する……といった計画しか話してはくれなかった。もちろん、アビのことも何も知らなかったようだ。

「けどまぁ、戦力は分かったかな。捕まえた魔術師を含めて、雇われたのは四人。アビを入れれば五人の魔術師を抱えた特撮隊だ」

「一人減っても、怪人もびっくりなヒーロー集団かぁ……つら。これ、フィルくんとカルアちゃんが手伝ってくれてもどっこいどっこいじゃない？　私を数に入れなかったら怪人側の不利確定」

「だが、あの探求馬鹿《シェリー》はツモれると思うぞ？　なんせ、魔女に関わってくる相手だからな、喜んで餌に食いつくはず」

「それならまだ大丈夫かなぁ」

あとで捜しとこ、と。アリシアは砂浜に大の字で寝転がった。

薄い布切れ一枚しかないからか、程よく実った胸部が強調され少しフィルの視線が揺れてしまう。

「……なぁ、確か向こうさんは遺物をほしがってたんだよな？」

「うん、そだよ」

「なんで遺物なんかほしがったんだろうな。教皇になりたいわけじゃないのに」

アリシアから襲撃のあと、色々何が起こったのか話だけは聞いた。

どうやら、シャナという聖女は遺物を狙って今回の襲撃を起こしたようだ。

全ての魔術師を滅ぼす。全ては魔女《あの子》のために、と。そんな目的を掲げて。

何故、魔女《あの子》を救いたいのか？　何故魔術師を滅ぼすことに繋がるのか？

そこまでの理由は聞き出せず、結局ほとんど何も分からずじまいであった。

襲撃を起こした張本人《シャナ》も、現在行方をくらませており、教会の騎士が捜索に当たっている。

「……あれからさ、少し気になって私も色々調べてみたんだよ。せっかく堂々と遺物も読めるようになったしね」

アリシアが体を起こして口にする。

「遺物に書かれてあるのはアリスト教の歴史と、主の御使《みつか》いである聖女に関してのこと」

「まぁ、なんとなくそうだろうなっていうラインナップだな」

「それでね、多分シャナ・サイルナが言ってたのは……聖女に関する記述のことじゃないかなって」

アリシアは起こした視線を砂浜で遊ぶ少女達へ向けた。

あんなことがあったにもかかわらず、その顔には楽しそうな笑みが浮かんでいる。カルアが一緒に交ざっているからか、こうして見ているとどこにでもいる女の子達のようだ。

「ミリス・アラミレアも強くなったよね」

「……かもな」

「聖女がこんなことになってさ、同じ派閥で、先輩で……しかも、あの子があんな性格なもんだからシャナ・サイルナのこともお姉ちゃんのように慕ってた」

であれば、今回の一件はミリスの心に傷を与えただろう。

慕っていた者が教皇就任式を台無しにし、敵として今は姿を消してしまっている。まるで昨日までの生活は嘘だったかのように一変していた。

どうして？　なんで？　シャナの胸の内にはずっとそんなことがあったの？　などと落ち込んでもおかしくはない。

　しかし、今砂浜で戯れるミリスの顔には笑みが浮かんでいた。

「キラ・ルラミルの一件のおかげかなぁ……なんだか、この立場になっちゃうと歳も変わらないのに親御目線になっちゃう」

「もうその歳で一児の母か」

「その喩《たと》えで言ったら教会全員私の子供……って、やめてよ女の子に対して！　今のセクハラ！　デリカシーなし！　あんぽんたん！」

「あれ？　言い出したのお前じゃね？　しかも、割かしセーフな内容じゃない!?」

「私、そんなにハッスルしないもん！　ってか、ハッスルしたことないしっ！　馬鹿っ！」

「待て、お前の方から危ない領域に飛び込もうとしている！」

　これほど理不尽に流れ弾を食らうのも珍しい。

「ごほんっ！　は、話を戻すけど……シャナ・サイルナは遺物に記述されている聖女っていう部分の情報がほしかったんだと思う」

「それまたどうして？」

「考えたことはない？　女神の恩恵って、一種に偏ってるけど『この世ではあり得ない現象の体現』をしてるんだよ」

　女神の恩恵は基本的に治癒、及び再生に特化している。

他者を傷つけない、益にしかならないものではあるが、間違いなく医術の先を超えたものだ。

もちろん、女神という偶像的存在が実際にいるからこそ恩恵というものは存在しているのだろう。

しかし、どういった原理で女神の恩恵はこの世に現れている？　この世で現せないものをどうやって使っている？

こんなの——

「魔術に似てるよね」

「…………」

「この世では現せない事象を起こす。偏りこそあるけど、現実逃避の延長線上にある信仰は間違いなく魔術の域に届いている」

起こしている事象は違うかもしれない。そもそも論、魔術と恩恵は別物かもしれない。

しかし、どちらも『この世ではあり得ない現象の体現』を見せている。

偶然か？　それとも共通か？　その答えは——

「違うね」

「違うんかい」

「うん、違う。フライパンを「パンです！」って主張するぐらい違うよ。これは美少女教皇アリシアちゃんが言うから間違いないね！」

アリシアは可愛らしく胸を張る。

ミリスも可愛らしい女の子に見えるが、アリシアも同種だなとフィルは思った。

「んで、その証拠が遺物にはあったのか？」

「いいや、なんにも」

フィルは少し首を傾げる。

「遺物に書いてあったのは、あくまで聖女の生い立ちとか創設者が独りよがりに書いた都合のいい設定ばっかだったよ。きっと、シャナ・サイルナは読んだらガッカリするんじゃないかな？　結構まんまるお目目の目玉焼きぐらい内容薄かった」

「だったら、なんで――」

「これはね、聖女に近い私で、魔女から魔力をもらった私だから言えること」

大司教から教皇へとなり、元より魔術師だった少女。

確かに、言われれば誰よりも恩恵と魔術師に近い存在だと言えるかもしれない。もちろん、アリシアよりも最も近しい人物はいる。

「あぁ、多分キラ・ルラミルの方が一番よく分かっているよ。現に本人に聞いてみたけど……なんて言ったと思う？」

「フィルくん、大好き」

「……鈍感キャラじゃなかったの？」

あそこまで露骨にアピールされたらと、ジト目を向けるアリシアにフィルは肩を竦めた。

「仕様が違うんだって」

「……神にお祈りしながら使うか、魔力を巡らせるかの違いってことか？」

「ううん、そういう話じゃないの。力の発生源――魔術は体内の魔力を術式に加えて起こるけど、女神の恩恵は外部から降りてくるんだよ」

「だが、ミリスに見せてもらった恩恵は手のひらから出てたぞ？」

「媒介とか部品って考えてもらっていいよ。あくまで女神の恩恵は外部から力を与え、現象として置き換えるために聖女の体を利用している。分かりやすくいえば、水車とか。魔術師風に言えば体そのものが術式って感じかな？」

「……なるほど」

ならば仕様が違うという話にも納得ができる。

魔術師は己の魔力を術式に与え魔術を使うが、聖女はそもそも力の発生源が別にある。

動力炉と部品。外か内か。そういう次元の話。

詳しく説明しなくても、両者が別物の域にいるのは言わずもがなである。

「シャナ・サイルナは先にキラ・ルラミルに話を聞くべきだったんだよ」

頬杖をついて、アリシアは楽しそうに遊ぶ少女達を見る。

「そうしたら、別の方法を模索できたのに……いや、違うな」

そして、どこか悔しそうにポツリと言葉を漏らした。

「私に相談してくれたら、もっといい方法を探せられたのに」

フィルはアリシアの言葉を聞いてなんて返せばいいのか一瞬だけ分からなかった。

魔術師を滅ぼしたい。まったく無関係というわけでもないだろう。

しかし、これはあくまで教会の問題であり、当事者の言葉に明確な返答もできない。

だから、フィルは辛うじて一言だけ。アリシアの言葉に同意した。

「そうだな」

フィルはアリシアと同じように視線を前に向ける。

すると、赤髪の少女が小さくこちらに向かって手招いている姿が映った。

『フィルー、あなたもこっち来なさいよー』

ふと。ふと、思ってしまったことがある。


――魔術師でなくなれば、俺とカルアはどうなるんだろう。


だが、その疑問は口にしていない時点で誰も回答はしてくれない。

フィルは小さく口元を綻ばせ、アリシアよりも先に少女達の下へ向かった。

「今行く」

◆◆◆

私の理想って、改めて思うけどかなり漠然としているわよね。

とはいえ、そんなの大体の魔術師がそうだと思う。

フィルの『自由』だって、明確なラインが引かれているわけじゃない。それこそ、追い求めれば追い求めるほど際限なく不自由さが生まれて、どこに転がっているか分からない自由を見つけようとするはず。

イリヤの理想は『飛翔』だったかしら？　そんなの、空なんてどこにでも広がっているわ。目に見える青空の先には宇宙があって、その先はどこが到達点なのか分からない。

結局、魔術師の理想なんてそんな曖昧なもの。

手が届かないからこそ理想であって、答えがないからいつまで経っても追い求めてしまう。

でも、それだと困るの。

私は彼と『寄り添う』ことを理想としている。

体現したい。叶えたい。この理想は、絶対に成就させなければならない。

だからこそ、不確かな理想のままではいけないんだわ。だって、フィルは優しいから色んな人を助けて、色んな女の子に好かれちゃう困った人だもの。

いつ、自分の特等席が奪われるか分からない。

けど、不確かな理想を追い求めたっていつまで経っても私の不安が取り除かれることはないわ。

だから、私は自分の理想に明確なラインがほしい。

今度こそ、改めて考えてみようと思う。

――どうすれば、私は自分の理想を納得した形で終わらせられるのか？

きっと、明確な証拠でもないと納得も満足もできないんでしょうね。

ほんと、我ながら困った理想だわ。

◆◆◆

水上都市にあるとある山奥、とある小屋。

アリシアに言ってなくてよかったと、そこでシャナはすこぶる思った。

夜は少し不気味になるこの場所はふくろうの鳴き声が嫌というほど耳に響く。怖がりな人であればきっと足を踏み入れるだけでも抵抗があるかもしれない。

しかし、ここならしばらくは身を潜められるし、今まで自分が生活していた場所だからある程度のものは揃っている。

雇った魔術師分の食料も念のため溜めていたため問題なかった。

とはいえ、水上都市は海に浮かぶ島ということもあって広さはあまりない。

逃げ続けるのも限度があるため、火蓋を切ってしまったからには早々に目的を達して外へ逃げなければならなかった。

後悔はない。元より決めていたことだ。

それでも、慕っていた人間を裏切ったからか、大きなため息が自然と零れてしまう。

「はぁ……」

静かな夜にシャナのため息が響く。

もう、雇った魔術師達は家具をどかして広げたリビングで寝てしまっている。今こうしてベランダに置いた椅子に座っていても、会話をしてくれる相手はいなかった。

そんな時——

「ため息つくと、幸せが逃げちゃうよ？」

ふと、横からグラスの感触が頬を襲った。

冷えた飲み物が入っていたことにより、シャナは「きゃっ！」と思わず飛び退《の》いてしまう。

その反応の可愛さに、現れた少年は思わず吹き出してしまった。

「ちょっと、アビ！」

「ははっ、ごめんごめん」

アビは吹き出した状態のままシャナの隣に腰を下ろした。

「後悔してるの？」

笑みを浮かべたまま、頬を膨らませるシャナの顔を覗き込む。

一瞬だけ呆けたような顔を見せたシャナだが、すぐさま言葉を詰まらせて椅子に座り直した。

「……後悔は、してない」

「じゃあ、罪悪感かな」

「アビはほんとズルい」

なんでも分かるんだから、と。シャナは膝を抱える。

「そりゃ、君と何年一緒に過ごしたのかって話になるからね。不思議な道具も使っているうちに勝手が分かるものさ」

「君だけだよ」

「じゃあ、色んな人に分かってもらえるよう説明書でも用意しておこう」

絶えず笑うアビ。とはいえ、長い付き合いになったのは何もアビだけではない。

（どうせ、私を元気づけようとしてるんでしょ）

己が笑うことで他者が同じ気持ちになる。欠伸《あくび》をしている人を見ると欠伸が出てしまうように、笑みを浮かべると見ている方も笑みが出てしまう。

アビ・ビクランという少年はこういう人間だ。他者を励まそうとする時は基本的に率先して己が笑う。

長い付き合いのシャナは、それが分かっているからこそ胸が不覚にも温かくなってくる。

やっぱりズルい男の子だ。

「言っておくけど、この方法を教えてくれたのは君だからね」

「……そこまで分からんでいい」

「ははっ！」

アビ・ビクランはこういうやつだ。

――いつも自分のことを考えてくれる。

あの時から、ずっと。自分が聖女になってからしばらく。アビ・ビクランを見つけた時から。

「僕はね、君に感謝しているんだ」

ポツリと、アビは語り始める。

「僕が戦争で瀕死になってこの山へ逃げ込んでいた時、君と出会った。見ず知らずの僕を、君は助けてくれたんだ」

アビ・ビクランという『英雄』が戦場で消息を絶ち死んだと思われたのも、正直なところ当たらずとも遠からずであった。

残党を追っていた際、庇った子供を助けるために深手を負い、誰にも見つからぬままこの山で倒れてしまった。もしも、誰にも見つからずいればそのまま周囲の判断通り死んでいたことだろう。

そこで、アビはある少女と出会ったのだ。

『友愛』の聖女と呼ばれ、誰にでも優しさを向けてくれ、今隣に座っている女の子に。

「たまたま私だっただけ」

「そうだよ、たまたま君だっただけだ。でも、僕は君に救われた……その事実は変わらない」

それに、と。アビは嬉しそうな笑みを浮かべた。

「僕が『英雄』って言っても、何も言わなかったでしょ？」

「…………」

「困ったことがあっても、モンスターに襲われそうになった時も、どんな時も、君は僕に助けを求めなかった。それどころか、僕に気を遣わせないよう一人で解決しようとした。それこそ、ずーっと友達のように接してくれた」

『英雄』の噂は世界規模だ。魔術師としての腕は同じカテゴリの人間の中でもトップクラス。何かに利用しようと考える人間はごまんといる。

それどころか、誰彼構わず助ける優しさから、人は無意識にアビへ寄りかかることが多かった。

助けて、困っているんだ、手伝ってくれ。これらの言葉を、飽きて吐き気をもよおすほど味わった。

そんな中、シャナだけは何もしなかった。

寄りかかることもなく、ただただ己を困っている人間として同じ家に住まわせてくれて、ご飯を提供してくれて、友達のように接してくれた。

嬉しく思わないわけがない。フィルという親友と離れてしまってしばらく経っているからこそ、温かさが余計に嬉しかった。

だから、アビは感謝し……同時に思ったのだ。

助けを求めない優しくて強い女の子を守ってあげよう。

求められるのではなく、自ら。誰にも寄りかかろうとしない女の子の支えになってあげよう、と。

「僕はシャナについて行くよ。困っていたら助けるし、悲しそうにしていたら傍にいる。こうして慕って応援してくれていた人達を裏切って悲しむ君を励ますなんて、僕には当たり前のことなんだ」

アビはもう一度、柔らかくも温かい笑みをシャナへと向けた。

それを受けて、シャナは頬を真っ赤に染めてしまう。

「き、君といると友達のように振舞えない……」

「ん？」

「な、なんでもないっ！」

頬を染めたまま、シャナは勢いよくそっぽを向いた。

なんでも理解しているつもりのアビだが、この時だけは何故か首を傾げる。

とはいえ、そんな顔もすぐさま何かを思い出したのか、頬の赤みが引いて表情がなくなる。

「……最後にあの子に会ったのっていつだったっけ？」

「確か二週間前じゃなかったっけ？」

「あの子、だいぶ消えかかっていたよね」

シャナの脳裏に、ふと少し前のことが蘇る。

白く輝いているような、透き通っているような少女。何歳で、どんな顔をしていて、何を着ているのか？　何一つとして情報が分からない女の子。

シャナ・サイルナは彼女のことを思うと胸が締め付けられる。

白い光は初めて出会った時よりも薄くなっており、輪郭が薄くなりすぎていたのを今でも覚えている。

気のせいか、それとも偶然か。

実を言うと、シャナもそこまで世界で魔女と呼ばれる存在のことは知らない。

ただ昔、追い詰められていた自分と仲良くしてくれて、この世界で何度も顔を合わせただけ。

全ては推測の上でしかシャナは認識できておらず、己の中で『薄くなっていく＝苦しんでいる』と判断しているのみ。勘違いだ、気のせいだ……そう思ったことも何度もあった。

「誰かを魔術師にする度にあの子は消えかかっていた」

「…………」

「もしかしたら、あの子もそれを望んでいて誰かに魔力をあげることを目的としているのかもしれない。けどさ――」


ザッ。

ザザッ、ザザッッッ。


「噂をすれば、かな」

アビが口にした瞬間、頭に直接響き渡るノイズが支配した。

眼前には何もない空間に絵画を直接破いた時のような亀裂が入り、中から一人の少女の姿が現れる。

少女といっても、輪郭だけ。白く輝き、薄く透き通っており、少しばかりの凹凸が見えるだけ。

その子を見た瞬間、シャナは勢いよく駆け出して抱き着いた。

「久しぶりっ！」

しかし――

【……ァ】

少女は呻くだけであった。

ガタガタと、目に見えて体が震えているのが分かる。

【シャ……ナ】

「うん」

【ァ……ン、ァ……】

「うん」

もう何を言っているのか分からない、というのはアビの素直な感想であった。

だが、シャナだけは酷く悲しい表情を浮かべながらも何度も頷く。

そして、しばらくシャナの首肯が続くと、亀裂は徐々に元へと戻っていき、抱き着いている少女の体が自然と開いた空間へと戻っていった。

シャナの手から温かくもなく冷たくもない感覚が消失した。

すると、シャナはふとアビの方を振り返る。

「本当に推測だけどさ、あの子は力を使いすぎたからあんなことになっているんだと思う」

「無限なんてこの世にはない。何においても有限があり、あの子が与えられる力にも限りがある」

「残る力もないのに絞り出していれば、そりゃ辛いよ。雑巾みたいに必死に体から取り出さないと使えないかもしれないんだもん」

その時向けられた表情は、せっかく笑わせようとしていたにもかかわらず酷く悲しそうであった。泣き出しそう、と。アビは立ち上がってシャナの体を抱き締める。

「……あの子が消えることを望んでいたとしても、生き続けたいって思っていても。私はどっちでもいい」

シャナが己の服を握り締める。皺がつこうともお構いなし、支えに寄りかかるように胸へと顔を埋めた。

「私はあの子に救われたんだよ。あの子がいなかったら、今の私はこうして立ち上がることもできなかったし、前を向いて歩いてすらいなかった」

「うん」

「だから、今度は私が救う番なんだ」

シャナはアビの胸から離れ、袖で己の目元を拭う。

上を向いた時のシャナの顔は酷く目元が腫れており、どこか固い決心をつけたように見えた。

「私はあの子を解放する。苦しんでいる今から……そのためだったら、私はあの子を苦しめる魔術師を滅ぼすよ」

魔術師がいるから、あの子は力を使ってしまう。

理想を願う者がいるから、あの子は己が苦しんでも力を分け与える。

ならば、そんな人間を消してしまえばいい。

そうすれば、きっとあの子は助かるのだから。


アビは固い決心を見せる少女の頭を優しく撫でる。

滅ぼすと言ったその魔術師の中には、もちろん自分も含まれているのだろう。小屋の中で寝ている雇われの魔術師達も、例外なく。

きっと、この世から魔術師を消す……などという話が今以上に大々的になれば、シャナの身は今以上に危《あやう》いものとなる。

魔術師は誰も彼も異常者だ。己の理想を叶えるためであれば容赦はなく、手段も選ばない。

そんな人間達から唯一絶対的に縋っている武器を取り上げようと画策すれば、潰そうと考えるのが妥当だ。

今回雇った人間はアビの知り合った中で他に興味を示さない温厚な者だ。

金さえ払えば大丈夫だと、そういう人間を仲間にした。とはいえ、一人捕まってしまったが――さして問題はないだろう。雇った魔術師には、あまり深いことは話していないのだから。

だが、いつことが大きくなるか分からない。

それでも、アビはこの少女の傍にいると決めたのだ。

「僕も行くよ」

たとえそこがいばらの道だったとしても。

アビはこの世で誰よりも友達想いな少女の頭を優しく撫で続けた。

相棒と幼なじみ

教皇就任式の襲撃から三日が経った。

カルアに頼んで帰宅が遅れる旨《むね》を連絡し、フィル達は引き続き水上都市に滞在している。

現在、大聖堂は総力を挙げてあの礼拝堂を直しているみたいだ。

規模が大きくかなり金をかけたのだろうと分かる礼拝堂、一体修繕費はいかほどのものになるのだろうか？　アリシアが涙目でデスクに向き直っている姿が脳裏に浮かび上がる。

キラ、ミリスといった聖女や教会関係者も大忙しだ。

ミリスはこれから再度執り行う教皇就任式の準備に駆り出され、キラは魔術師ということもあってアリシアの護衛をしている。聖女が守る側なのはいかがなものか？　などと思うかもしれないが、敵の目的がハッキリとしている以上キラ以外の適任は見当たらない。

他者に応じてそれを上回るほどの力を発揮できるキラほど、タイマンでの勝負に向いている人はいないだろう。

ただ一点問題なのは「フィルくんと離れ離れなんて嫌だぁ～」と駄々をこねていたことだ。

変に好かれてしまったなと、フィルは頬を引き攣らせる。

そんな時――

「どうしたの？　顔が凄い微妙な感じになってるけど……」

ふと、横からメイド服の少女が顔を覗きこんでくる。

現在、フィル達は水上都市にある街をぶらりと歩き回っている最中。襲撃の一件があったからか人は来た時よりも少なくなっているが、店自体は見渡す限りどこも営業していた。

信徒とはいえ、金を稼がないと各々生活ができないからだろう。

故に、フィルはちょっとした窮屈気分を味わわない少し得をした観光を楽しんでいた。

「いや、キラのことを少し思い出してな……」

「は？　思い出してなんになるの？」

「おい待てお嬢さん。なんで額に青筋を浮かべて俺の目にチョキを向ける？　明らかにあんさんが思っているような回想シーンを思い浮かべていたわけじゃないって顔見たら分かるだろ!?」

乙女心は些細なことに嫉妬する。

しかし、乙女心すら理解できていないフィルは本当に何故目を潰されそうになっているのか皆目見当がつかないのだッッッ！！！

「ごほんっ！　お、お嬢さんもそうかっかしないで、今という観光を楽しもうじゃないか！　人生は有限。無限じゃないからこそこの一瞬をしっかりと味わう必要があると思うんだ。あんさー!?」

カルアが再度何故か誤魔化し始めたフィルを睨みつける。

すると、大きくため息をついて向けていた指をゆっくりと引いた。そのことに、フィルは胸を撫で下ろす。

「って言うけど、あなた……あんなことがあったのに、よく呑気に観光なんかできるわよね？　メンタル鋼の域を超して場違いな空気になってるわよ？」

「逆に言うが、いつまでも静電気が発生しそうな空気のまま過ごすのか？　いつサンタさんが現れるか分からないのに気を張ってたって仕方ねぇよ。餅は餅屋に任せて、俺達はサンタさんが来た時に起こしてもらえばいい」

　フィルは周囲の店を物珍しそうに見回す。

「それに、何かあったらアリシアが呼ぶさ。ミリスにもキラにも同じように縛っておいたからな」

　――『縛った相手との交流の自由』。

　フィルの多様な魔術の中で、他者を縛ることによって相手の場所に移動できるというものだ。

　一度相手を縛っておけば、場所や時間を問わずにいつでも合流ができる。

　万が一襲撃があったとしても、呼ばれればいつでもすぐに駆けつけられるのだ。こうして気ままに観光できているのも、フィルの魔術のおかげである。

「ってことは、あの三人にもキスを……」

「手の甲にな!?　見境なく襲う変態さんみたいに言うんじゃありません、勘違いされるでしょ各種方面に！」

　ミリスに至ってはすでに縛り終えている。

　こう、水上都市にいると分かれば速攻で魔術を使って移動したのに……なんて愚痴が今更ながらに零れた。

「でも、シャナ様を捜すとか何かできるでしょ？」

「シャナ様がいるならアビもいる。あいつは昔から隠れんぼは得意だったからなぁ……魔術師になったあとに本気で隠れんぼをされたら、鬼さんもきっと涙目になって夜が明けるだろうよ」

「そうかしら？」

「なら、カルアが捜しに行くか？」

「……大人しくフィルの横で観光を楽しむことにするわ。私のお財布の中身だけじゃ、街の修繕費なんてとても払えないもの」

カルアが捜しに回れば、恐らくすぐに見つかるだろう。

何せ、音速以上で動き回れるのだ。あっという間に水上都市の至るところを回れるはず。

しかし、音速で移動するということはその時点で圧倒的な火力が生まれる。

踏み込んだだけで地面は陥没し、何かに当たれば確実に物を壊す。食パン咥《くわ》えながら曲がり角で人と運命的な出会いをしてしまえば、めでたく運命的な相手は肉片となるだろう。

故に、カルアは大人しくフィルと観光をすることにした。

(そういえば、フィルとまともに二人で観光するのも久しぶりね)

ここ最近は慌ただしかったし、何かあればキラかミリスかアリシアがいた。

当初は二人きりで旅行する気持ちだったのに、今となっては数回しかできていない。

これってデートかしら？　と。ふと、カルアはほんのりと頬を染めて横にいるフィルの顔を見た。

「ん？　どうした？」

「い、いえ……なんでもないわ！」

慌てて顔を逸らすカルア。

そんな姿を見て、フィルは思わず首を傾げてしまう。

しかし——

（って、今思えばこれってデートじゃね……？）

何故かこのタイミングで、フィルもまた同じようなことを思った。

（普段行かない場所だからかね？　こう、お出掛け気分の横に女の子がいるってだけで甘酸っぱいような……やべ、なんか意識してきた）

相手は相棒なのに、と。フィルは少し赤くなった頬を掻いた。

意識してしまった以上、中々楽しむ方面へと考えが向かない。

フィルの頭に「どうしてカルアに？」なんて思考が生まれ始める。

（ミリス達と一緒にいてもこんなことは思わないんだ……。いや、でもその時は大体複数人だから？　けど、カルアのドレス姿とか見ると結構意識するんだよなぁ。もしかして、やはりカルアだからっていう部分に大いに関連性が……？）

フィルは頭を悩ませる。

こうしてカルアのことを真剣に考えるのは久しぶりだ。

ここ数ヶ月慌ただしかったというのもあるだろう。改めて意識してしまった思考は深みへと潜っていくが、横から袖を引かれたことによって思考が現実へと戻ってくる。

「ねぇ、フィル。私あれ食べたい」

そう言ってカルアが指をさしたのは、どこにでもありそうな出店だった。

唯一違うのは、店の後ろに大きな水槽があり、色んな魚が泳いでいることだろう。

看板には大きく『新鮮な刺身を食べるなら！』と書かれており、フィルは思わず首を傾げてしまった。

「えーっと……刺身？　なんじゃそりゃ」

「聞いたことあるわ。新鮮な魚を捌いてそのまま醬油とかで食べる料理みたいよ」

「ほーん……なんか真っ直ぐにお手洗いに直行しそうな料理だな」

「意外とお腹さんが悲鳴を上げることはないらしいわね。水上都市の名物の一つよ」

「そうなのか」

物珍しい料理へ徐々に惹かれ始めるフィル。

自然と、二人の足は息が合うかのように出店へと向かっていた。

「何事も挑戦だしな。ここまで来て食べないのはなんかもったいない気がする」

「そうこなくっちゃ♪」

近づいてみると芳ばしい香り……なんてものはなく、やはり魚を扱っているからか生臭い匂いが漂ってきた。

とはいえ不快にならない程度。

フィルはカルアと一緒に出店に立っている店員へと声をかけた。

「すみません、なんかオススメのやつください」

『あいよっ！』

さわやかなおっちゃんが気持ちのいい返事をすると、すぐさま水槽の中から手摑みで一匹を引き上げる。

あまりの豪快さにフィルとカルアも驚き、そのまま捌き始めた手を興味深そうに見つめた。

少しばかり見慣れない料理の手際に惹かれていると、皿の上に切り分けられた魚の身が載せられる。

「マ、マジもんの魚の身だな……」

「ただ不思議ね。血なまぐささはあまり感じられないわ」

皿に載せられたのは赤い切り身と、さり気なく垂らされた醬油。血がべったり……というよりかは、血抜きをされたあとのよう。

フィルとカルア店員からフォークを渡されると、そのまま手に取り恐る恐る刺身を口に頬張る。

「「んんっ!!」」

さっぱりとした風味に、あとから押し寄せてくる程よい苦み。それでいて感触は柔らかく、醬油の香ばしさが噛むことを促進してくる。

これは美味い、と。声には出せなかったが初めての料理に二人はほっぺが落ちた。

『そんな美味そうな顔されると、こっちも嬉しいもんだな！』

「いやいや、これは美味いっすよ店員さん。俺、新しい世界に目覚めたような気がするっす」

「これ、うちでもできないかしら？　魚を捌くだけなら私でもできそうだし」

『それはオススメしねぇぜ。何せ、刺身は鮮度が命！　獲れたてじゃねぇと味が落ちるし、腹だって壊す可能性がある』

「なるほど、水上都市ならではって料理か」

「少し残念ね。生きたままサレマバート領まで運ぶのって難しいし」

　フィルの領地は全て陸続きになっている。

　海には一切面しておらず、魚を運ぶとなると必然的に馬車の中を強《し》いられるのだ。

　鮮度を保ったまま魚を運ぶなど不可能で、仮に生きたまま運ぼうとしても海水が腐ってしまうだろう。

　今のうちに食べておこう、と。フィルは店員にもう一つ追加で注文をした。

『しかし、よくお二人さんはこんな時に足を運んだよな』

「まぁーなー」

「相方がメンタル読めない空気なので」

『なんじゃそりゃ。まぁ、うちとしちゃありがたいけどよぉ……せっかく教皇様の就任式でかき入れ時になるって思ったのに、今じゃ閑古鳥が鳴いている』

　教皇就任式には各国から人が集まる。

　もちろん、メインはアリシアの式に参列するのだろうが、そのまま観光というのはよくある話だ。

だからこそ、観光地に店を構える人間は気合いを入れて客を呼ぼうとする。客がいっぱいいるから。

しかし、先日の一件で大半の人間が国へ戻ってしまい、すっかりどこのお店も今は閑古鳥が鳴いてしまっている。

「こればかりは俺から反応し難いな……」

「いっぱい食べて帰るしかないわね。美味しいし、お酒ももらっちゃう？」

「一杯だけ一緒に飲むか。相棒さんとお酒を飲むっていうのも久しぶりだしな」

というわけで、愚痴を溢す店主へ酒を一杯注文する。

店主は「すまねぇな」と、またしても反応に困る返事をすると、少し多めに注がれた酒が二人の前へ並んだ。

「乾杯」

「うん、乾杯」

グラスを合わせ、立ちながらではあるが酒を呷《あお》る二人。

苦みのある刺身だからか、呷った酒とよく合う。フィルもカルアも、手にしたフォークが止まらなかった。

『しかし、あんちゃんら見たところ観光客だろ？』

「こんな初々しい反応を見せる人間が地元民なら、きっと世界は感受性溢れる楽しい世界だっただろうな」

「世の中のお母さんが喜びそうね。美味しいって言ってくれる子供は全世界共通で甘やかしたくなるみたいよ」

「俺、毎日美味しいって言ってるのになぁ」

「甘やかすとロクなことにならないもの」

よく分かってらっしゃる、と。フィルは酒を口に含んだ。

『ってことは新婚旅行か？』

「ぶほっ!?」

そして吐いた。

「けほっ、げほっ！　お、おまっ……いきなり何言ってんだ!?」

「いや、あんちゃんらは結構仲良さそうに見えたし、てっきりそうなのかと思ったんだが」

「ちげぇよ！　俺達は――」

口元を拭いながらそう言いかけた途端、フィルの視界にメイドの少女の姿が映った。

「〜〜〜ッ！」

ただ、その子の顔は酷く真っ赤に染まっており、持っているフォークもわなわなと震えている。

長い付き合いのフィルだからこそ、この反応の意味を理解してしまう。

「……お前、こんなことで照れるキャラじゃねぇだろ」

「ち、ちがっ……！」

カルアはよく言う大人びた女の子だ。

以前生誕パーティーでフィルとの婚約を堂々と言ってみせたように、こういう場面でそのような発言をしてもあまり動じることはない。

なのに、今はどうだ？　ギャラリーもおらず、店員に言われただけで照れてしまっている。

少し、いつもと違う。

まるで——

「ご、ごめんなさい……ちょっと、さっきまで意識してたから……」

「ッ!?」

フィルの顔にも熱が込み上げて、思わず顔を逸らしてしまう。

この場面での意識、というワードが分からないほどフィルも鈍感ではない。というより、フィル自身も少し前まで同じように意識していたのだ。

(カ、カルアも思っていたとは……)

刺身の味で気を紛らわせられたかと思っていたのだが、再び異性という方面に意識が塗り替えられてしまう。

長いことカルアと一緒にいたというのに、こうも連続して意識してしまうのは初めてだ。

見知らぬ土地、二人きりの旅行。

たったこれだけの要素が、隣にいるはずの女の子を見る目を変えてしまう。

ただ、この場面でカルアを異性としてしか見られなくなってしまうのは少し問題であった。

(こんなんじゃ、カルアとの結婚しか考えられなくなるだろうが……)

フィル・サレマバート。『影の英雄』と呼ばれる青年も、そろそろ先を見据えなければならない歳。そんな男は、バカンスの最中に少し困ったことになってしまったようだ。

『俺はお似合いだと思うがなぁ……若い子っていうのも難しいもんだ』

「ご、ご馳走様でしたっ！」

「ちょ、ちょっとフィル!?」

何故かいたたまれなくなったフィルは酒を一気に飲み干し、テーブルにお代を置いてそそくさと早足でその場を離れた。

店員は少し面食らった表情になったものの、多めにいただいたお代に「まいど！」と声を発する。

そして、フィルの後ろを慌ててカルアが追いかけた。

（あぁ、もうくそっ！　柄にもねぇ……反抗期真っ盛りの思春期ボーイかよ、俺は！）

その時だった。

ふと、フィルの足が止まり、通り過ぎようとした出店の方に目が向いた。

「どうしたの？」

「いや……」

なんの変哲もない雑貨屋。ただ、そこに売っている商品はどれも色鮮やかなガラス細工ばかりであった。装飾は、全てまるで礼拝堂に置かれてあるステンドグラスのよう。

その中で、フィルの視線を引いたのは彩りのあるガラスの指輪であった。

◆◆◆

観光客もいなくなり、地元民である信徒達は夜になるとそれぞれ夜のお祈りが始まる。

お祈りがあるというのを初めて知ったのは、ミリスが屋敷に滞在していた時であった。

どうやら、信徒は朝昼晩と決まった時間にその日の感謝と報告を天にいる女神にお祈りという名目で報《しら》せるらしい。そうすることによって、その日、明日の己を見守ってもらい、女神から幸せを賜るのだとか。

あくまで現実逃避の延長線。なんて言ってしまえば怒られるのだろうが、他力本願な思考はどうしてもフィルには合わなかった。

時間に縛られ、偶像に縛られるのは不憫。誰に言われるまでもなく好きなことを好きな時に好きなだけするのがフィルであり、それこそが自由であるからだ。

とはいえ、各々信仰するのは自由。自分の考えを押し付ける気はないので、フィルは結局他人事の話として頭の片隅に置いていた。

そして、人が出歩かない夜と観光客がいないということが相まった現在。

さざなみが広々とした夜空に溶け込む中、フィルは物静かな浜辺を歩いていた。

「こういう時間に歩くとプライバシーさんがしっかりお仕事果たしてくれるからいいよなぁ。久しぶりに出張から帰ってきたようで、お兄さんは一安心だ」

「最近はどこに行っても注目を浴びてたものね。人気者さんにスポットライトが当たらない時間があってよかったわ」

誰もいないからこそ、気兼ねなく歩ける。自由を理想としているフィルにとっては、正に己のために用意してくれた場所のように思えた。

日中は暑かったものの、今では肌に当たる海風がなんとも心地いい。

「それにしても、今日は一日観光しただけで終わったな。正直、内心では色々心構えしてたんだが」

「夜に現れる可能性だってあるわよ」

「メリットがねぇだろ、向こうさんに。そりゃ夜の方が警戒もされてないから奪いやすいって歴史の教科書を引っ張り出した人なら思うかもしれねぇが、魔術師はそうじゃない。魔術師にとっては戦闘こそ研究発表の場だ。普通は最高のコンディションで挑みたいだろ」

魔術師は基本的に思考回路が一般人のものとは違う。

狂人とも呼べるし、科学者とも呼べる。一般の人間にとっては王道で理に適《かな》っているとしても、魔術師に当て嵌まるとは限らない。

「んー……そうかしら？」

「お前はそこまで好戦的じゃないからなぁ」

「あら、そんなことないわよ？」

カルアがどこかからかうような笑みを浮かべて顔を覗き込んでくる。

星が浮かび上がる夜空が背景となり、靡く髪を押さえながら近づいた顔はなんとも絵になっていた。

　きっと、性別問わずこの世の誰もが今の姿に見惚れることだろう。そうだ、そうに違いない。

　フィルは己の中で言い聞かせながら、赤くなった頬のままカルアの頭を撫でた。

「まぁ、今日はなんともなかったしよかったじゃねぇか。久しぶりに羽を伸ばせてよかったよ」

「伸ばしてよかったのかも分からないけどね」

「プラスに考えた方がいい。下手に息巻いてピリピリしてると、逆にアリシア達が申し訳なくなるだろ。特にミリス辺りが罪悪感で胸が押しつぶされるどころか逆に大きくなるかもしれん」

「……私も罪悪感を覚えれば」

「待て、言葉の綾だ罪悪感にそこまでの効能はない」

　メンタルは心身に何の影響も及ぼさないのは言わずもがなである。

「フィル、大きいの好きって……」

「いや、別に大きい方が好きってわけじゃ」

「むぅー」

　胸を押さえながら頬を脹らませるカルアに、フィルは思わず頬を掻く。

　確かに大きい方に惹かれてしまうのは男故に仕方ないことではあるのだが、正直フィルは胸の大小にそこまでのこだわりはない。

　というより――

「な、中身がいいんだから、別にお前は気にする必要はないと思うぞ……？」

「〜〜〜ッ!?」

照れながら口にするフィル。その言葉を受けて、カルアの顔が一気に真っ赤に染まってしまった。

気まずい空気が広がり、二人は目を合わせることなく顔を逸らしてしまう。

静寂の中に響く小波《さざなみ》が不思議と二人の鼓動を速まらせてしまい、しばらく互いにその場を動けなかった。

「ね、ねぇ……フィル」

そして、その中で沈黙を破ったのが――

「フィルは、私のことどう思ってる……?」

そんな、曖昧で核心を突いた言葉であった。

「は……?」

上目遣いで見つめてくる少女に、フィルは思わず固まってしまう。

どうって？　などと問うほどフィルも鈍感ではない。恐らく、自分を異性としてどう思っているのかと尋ねているのだろう。

ただ、この場でどうしてそんなことを聞いてくるのかは分からなくて。

一歩、一歩と先を歩き始めたカルアの後ろを追えなかった。

「いや、どうって……」

「ごめんなさい、こんなこと聞いちゃって」

でも、と。カルアは月明かりに照らされる中、靡く長髪を押さえながら振り向いた。

「どうしても、聞きたくなっちゃったの。やっぱり私、確信がほしいから」

カルアとは長い付き合いだ。

いつも通り『影の英雄』として人を助け、たまたまその人が貴族の令嬢で、たまたまカルアだったということからの付き合い。

けれど、それからカルアがメイドとして無理を押し通してきてから、もうかなりの年月が経っている。

フィルも、カルアのことはよく知っているつもりだ。信頼しているし、理解者だと思っている。

長い年月、彼女が寄り添ってくれたからこそ、その逆もあるとフィルは思っていた。

カルアにとっての理解者は自分で、相棒も自分だ。

互いに互いをよく分かっている……が、しかし。このタイミングで口にしてきたことだけはよく分からなかった。

確かに、少しそういう空気もあったような気はするが、その程度。

いつものカルアなら踏み込んではこなかった。

「ねぇ」

一歩、赤髪を携えた少女は想いを寄せる男へと歩み寄る。

「フィル」

透き通った双眸が捉えるのは、どこにでもいるようなただの青年。

伯爵家の嫡男としてでも、『影の英雄』としてでも、馬鹿にされるような遊び人としてでもなく、ただ一人の男の子を見据える目。

ゴクリ、と。フィルは唾を飲んだ。

相棒から向けられる言葉と仕草一つ一つが、うるさいぐらいの鼓動を奏でてくる。

ここか？

ここなのか？

自分が抱いた感情を明確にしなければならないのは、この場面なのか？

フィルは迫るカルアの瞳を受けて、ゆっくりと口を開いた。

「お、俺は……」

しかし――

「あれ、もしかしてお邪魔だったかな？」

サクッ、と。フィルが言いかけた途端に砂浜から第三者の足音が耳に届いた。

反射的……というよりも、もっと早い。答えなければならない場面だというのに、フィルの思考はすぐに背後へと向いた。

何せ、その声は懐かしくも聞き慣れた声であり、月夜に照らされた姿は酷く新鮮でありながらも記憶の中の人物と似ていて。

フィルはカルアを置いて、一歩青年へと近づいた。

そして、震える口でこう呼んだのであった。

「アビ」

「やぁ、久しぶり。って感動の再会の演出っぽく雰囲気出してるけど、あれからそんなに経ってないかな？」

アビ・ビクラン。

王国で『英雄』とまで呼ばれた青年。多くの人間を助け、多くの人間から賞賛と尊敬を一身に集めていた存在。

加えて、フィルの幼なじみでありリリィ・ライラックという王女ととても仲がよかった。

カルアは公爵家の令嬢でありながらも初めて彼の姿を見た。

これが王国の『英雄』。名前が出てこなければ気づかなかっただろう。しかし、すぐにカルアは警戒態勢を取る。

いくら『英雄』と呼ばれ、死者として扱われ、本来であれば喜ぶべき存在であっても、現在の立ち位置はテロリスト。

しかし、一方で――フィルは心を落ち着かせるように大きく息を吸っていた。

何度か深呼吸を繰り返すと、そのままアビへと向き直る。

「……ご丁寧な登場じゃねぇか。もう少し前に演出してくれれば、俺だって涙と抱擁をお見せしたのに」

「ははっ、そうしたいのは山々なんだけどね。こういう登場の仕方じゃないと色々ギャラリーが集まって大変なんだ。フィルだって、感動の再会が牢屋の中なんて嫌でしょ？」

「そっちの方が腰を据えて話できそうだけどな」

「違いないね」

フィルはそう口にした瞬間、足元から月夜を埋め尽くすような影を生ませた。

それと同時。カルアは『捕縛』の合図と受け取り、アビへと一瞬で距離を詰める。

だが、カルアの振り上げた足は寸前でアビの手によって阻まれてしまった。

「ちょ、ちょっと！　僕は別に戦いに来たわけじゃないんだって！」

「けれど、あなたはお尋ね者でしょう？」

「えーっと……それはそうなんだけど、もっ！」

カルアが振り上げた拳をアビは首を捻ることによって避け、すぐさま足元へ到達しそうな影から逃げるために後退する。

「意外とへこむわね。これで今回二回目なんだけども」

「何が？」

「防がれたの」

カルアの魔術は初速だけで音速を超えてくる。

本来は目で追えないはずであり、一撃で敵を昏倒させるほどの威力があるのだが、どういうわけかアビに防がれてしまった。

初めの襲撃では雇われの魔術師にダメージは与えられなかったし、丸っきりカルアの魔術が通じていない。

火力には自信があったカルアも、こう立て続けに魔術が効かないことにへこまずにはいられなかった。

「ま、まぁ、僕の魔術もあの人の魔術も多分君との相性は悪いだろうから……水と油、なのかもしれないよ？」

「フォローになってないぞ」

反撃する様子がないアビを見て、フィルは影を収める。

それを見て、カルアはフィルの横へと戻っていった。

「……いいの？」

「いいもクソも、向こうにやる気がなけりゃこっちが構える理由なんてねぇよ。温情とかじゃなく、単純に話を聞いた方がいいってだけだ」

肩を竦めるフィルを見て、アビは胸を撫で下ろす。

「んで、話しに来たってことはそれなりに有意義な話題を提供してくれるんだよな？」

「うーん……いや、そんなに深い話をするつもりはなかったんだけど。単純に、フィルと会っておこうかなって」

アビはふと懐かしむような笑みを浮かべる。

その表情はかつて共に遊んでいたあの頃と変わっていない。記憶にあるものとそっくりだ。

生きていた……ということに、今更ながらフィルの胸の内に温かいものが込み上げてくる。

言いたいことはいっぱいあるが、どうも何から話していいのか分からない。

その中で、フィルの口がゆっくりと開く。

「お袋さん、哀しんでたぞ」

選んだというよりかは、漁った中でたまたま拾い上げた質問。

アビはしかし挙げてほしくなかったものなのか、少し気まずそうに苦笑いを見せた。

「だろうね」

「だろうねって、お前」

「フィルのことだから、ニコラ様から話は聞いているんでしょ？」

守りたい人ができた。だから己を死者として扱った。

それはアビの言う通り事前にニコラから聞いており、理性では納得している。

誰かを本気で守ろうと思うのであれば、アビの『英雄』としての肩書は邪魔でしかない。一度殺して、傍にいやすい立場を手にするべきだ。

しかし、感情は違う。

せめて……せめて俺には。いいや、大事に育ててきた両親には伝えるべきだったのではないか、と。

だが、アビは申し訳なさそうな表情を浮かべて月夜を見上げた。

「本当に、僕はあの子を守りたいんだ」

　ポツリ、と。アビは口にする。

「そう思ったのは感謝も恩も感情もあるんだろうけど、やっぱり疲れたっていうのもあるのかもしれない」

「…………」

「フィルは分かってくれると思うんだけどさ、やっぱり……もう少し僕は自由に生きたかったよ」

　何を言っているのか、横にいるカルアは理解ができなかった。

　しかし『自由』というワードは、酷くフィルに共感を与えるものであった。

　いつぞや、受け取った手紙にそう書かれていたのを覚えている。

「……色んな人を助けてきたよ。誰かが助けてって言えば手を差し伸べてきた。どこに行っても、どんな時でも、僕は昔憧れた英雄がそうだからって、誰彼構わず助けてきたんだ」

　けど、と。アビは言葉を続ける。

「なんのために生きているんだろうって、たまに思うんだ。僕の手は万能じゃない、誰かを助けようとしても誰かは助けられない。救えない人は必ずいて、その度に罪悪感と不甲斐なさが胸の内を襲いにくる。でも、諦めきれなくて……結局、僕は感情じゃなくて理性を選び始めてしまった」

　ＡとＢで困っている人がいるとしよう。

　人の体は一つしかなく、行けるとしてもどこか一箇所だけ。となると、どちらを助ける方がいいのか？

Aは一人。Bには五人も助けを求める人がいる。

となるとどうなるか？　『英雄』として、どちらを選べばより多くを助けられるのか？

感情が入る余地はない――より多くのBを。合理的に、その方が人が救えるからと。

間違いではない。より賞賛を得られるのは間違いなくBだ。

とはいえ――

「それってさ、僕が憧れた英雄なのかな？　こんな救いたい誰かがいるわけじゃなくて、感情を押し殺した人形のように動いて。そう考え始めたら、止まらない。ほんと、疲れた」

「アビ……」

「そんな時さ、僕はシャナに出会ったんだ」

シャナ、というのはあの聖女のことだろう。

アビはその子の名前が出た途端、少し表情が明るくなった。

「あの子は僕を『英雄』としてじゃなくてアビ・ビクランとして見てくれた。フィルやお父さん達以外にも、僕を僕として見てくれる人がいた。そう分かった時は本当に嬉しかったんだ。疲れ切っていたからこそ、余計に胸に沁みた。だから――」

「お前は、その子を選んだのか」

「うん、そうだよ。僕が人生で初めてこの人生を賭けてでも守りたいって思えた女の子だ」

多くを選んできた理性の『英雄』がようやく感情を見つけた。

理性ではなく、感情を優先させたくなるようなお姫様を見つけた。

それが、アビ・ビクランという『英雄』が死者として生きてきた理由。

「…………」

共感できるからこそ、フィルは押し黙ってしまう。

理性を選ぶ人形に輝かしい未来はない。

それはアビの人生が物語っており、そのアビが報われたとなれば文句も中々出てこなかった。

「でも、あなたがやっていることは犯罪よ。守りたい子がいるなら、その子が道を踏み外してしまいそうになる場合は正してあげるのが筋なんじゃないかしら？」

そこで、初めてカルアがアビへと言葉を向けた。

「ごもっとも、ではあるんだけどね。ただ、僕も魔女《あの子》を救ってあげたいっていう気持ちはあるんだ」

「魔女を、救う……？」

「うん、そうだよ。あの子は今苦しんでいる……限界に近い、って言うべきかな？　多分、自分の力を分け与えすぎているから、スペックにヒビが入っている」

流石は魔女に最も近いと呼ばれていたアビだからか。フィル達が知り得ない情報が、ここで開示される。

しかし――

「……遺物にそんな上手い話は載ってねぇぞ？」

「あはは……やっぱりそうか」

「そうか、って。お前」

「いやね、正直僕も女神の恩恵と魔術師の魔力っていうのは別物だと思っているさ。それは僕が魔術師だっていうのと、シャナの傍に居続けているからなんとなく分かったって感じかな」

だったらなんで、と。フィルは口にする。

「それでも、少しでも可能性があるならシャナはそっちに賭けるよ。救う気のない人達に否定されるよりも、実際に自分で可能性を否定した方が現実的だし、あの子も望んでいるからね。僕も、そっちに賭けてみたいんだ」

確かにその通りだ。

救う気のない人間が頭ごなしに否定したところで、救いたい側の心なんて揺らせない。

もしかしたら探しきれていないだけであり、嘘をついている可能性もある。ならば、自分で手にして確かめた方がよっぽど建設的だ。

「僕は僕の理想を体現する」

たとえ、それが犯罪への道を辿ろうとしているのだとしても。

「これが悪いことだっていうのは、僕もシャナも理解している。けど、諦めきれないからここにいるんだ。許せ……なんて言わないし、捕まったら大人しく裁きは受けるつもりでいるよ」

だからこそ、受け入れているからこそアビは筋を通す。

「正々堂々と行こう。僕達は明日、遺物を奪いに行く。隠れんぼなんて続けられる自信もないしね」

アビの言葉に、フィルは一瞬口籠《くちごも》ってしまった。

向こうは、ただ助けたい人がいるだけ。優しい、ヒーローのような理由を掲げている。

対して、自分達はどうだ？　正当な判断とはいえ、誰かを救いたいっていう大それた理由はない。

ただ、遺物という書物を守るために、誰かの優しさを踏み躙《にじ》ろうとしている。

しかし、それも一瞬の葛藤。

「……牢屋で差し入れぐらいはしてやるよ」

「ははっ！　じゃあ、もしもそうなったら温かい毛布も追加でもらおうかな！」

もしもどちらかに肩入れをするのであれば、親友より親しい人間がいる方へと肩入れしたい。

これは理性でもなければ世の風評などでもない――感情の話。

魔女を救いたいという気持ちは、残念ながら天秤を動かすほど湧いてはこなかった。

それよりも、遺物を奪われたことでアリシアやミリス、キラ達が悲しんでしまう方がフィルにとって重要。天秤はそちらに傾く。昔の親友よりも、今を。

「それじゃ、僕はそろそろ行くよ」

そう言って、アビは背中を向ける。

「じゃあね、フィル。久しぶりに会えてよかった……これは、本当だから」

そう言って、アビの体は月夜の浜辺に溶け込んでいった。

追いかけてアビ達のいる場所を探ろう。なんてことは考えない。

どうせそこら辺の対策はされているだろうし、アビの言った『正々堂々』が何故かフィルの脳裏に過《よ》ぎってしまったから。

故にフィルもまた、アビが消えた場所から背中を向けて歩き出す。

「行こうぜ、カルア。戻ってアリシア達にこのことを話そう」

今日はもう充分だ。

問題と本番は明日——翌日には、嫌でもこの話にケリがつく。

だからこそ、情報を共有してコンディションを整えなければ。

「…………」

しかし、カルアはいつものように横へ並んでこない。

「どうした？」

俯き、考え込んでいる様子のカルア。

その様子に少し疑問に思ったフィルは首を傾げてしまう。

「ねぇ、フィル」

そして——


「明日、このお話が終わったら……私、あなたに言いたいことがあるの」

カルアは、どこか儚げでありながらも真剣な表情で、そう口にしたのであった。

◆◆◆

そして、始まる。

魔女を巡る争いを終わらせるために、魔女の救恤《きゅうじゅつ》を願う二人が。

仲間を引き連れて、大聖堂に現れた。

◆◆◆

礼拝堂は大聖堂と繋がっているものの、外へ繋がる長い廊下と庭が手前に広がっている。

入るための入り口は一つしかなく、礼拝堂に行くためには必ずそこを通らなければならない。

緑生い茂る綺麗に整理された庭にはどこか静けさがあり、噴水の音を耳に入れながらカルアはメイド服を着て入り口に立っていた。

その傍には、庭園に置かれていたはずの椅子とテーブルを持ち出し、腰を下ろしている女性が二人。

「ふむ、公爵家のご令嬢が淹《い》れる紅茶を嗜むというのも、存外贅沢なものだな」

「美味しぃ～、お姉ちゃんこの味好き～」

「そう言っていただけて恐縮です」

静けさに反して、優雅に紅茶を嗜むのは一国の王女でありながらも『探求』を理想とする魔術師

――シェリー・アルアーデ。

もう一人は聖女でありながらも『正義』を理想とした魔術師――キラ・ルラミル。

それぞれ国も違い、立場も違う人間が一堂に会しているこの現状は、正に異質。

きっと、この場に第三者がいれば驚かずにはいられないだろう。

とはいえ、この組み合わせは決して偶然によるものではないのは言わずもがな。

「して、本当に今日現れるんだろうね、カルア嬢？」

「はい、本人がそう仰っていましたので」

「むぅ～……ご丁寧な悪党さんだねぇ～。まぁ、シャナちゃんが敵さんだからなんとなく分かるけどぉ～」

キラは大槌の感触を確かめるかのように優しく撫でる。

「それにしても、私としては是非とも向こう側に行きたかったのだが。あちらには魔女に深い関わりがある二人が来るのだろう？　足止め、残飯処理。押し付けるにはもう少し私の立場を考えてほしいものだ」

「私だってあっちでフィルくんと一緒に戦いたかったよ～！　でも、じゃんけんで負けたなら仕方ないっ！」

「じゃんけんで相手が変わるというのも珍しい話ですね。一応、生死がかかっているのですが」

「魔術師に倫理を押し付けるものじゃないぞ、カルア嬢。そう言うのであれば、我々が矢面に立っている時点でおかしな話じゃないか」

「……確かに、言えてますね」

公爵家の令嬢であるカルア、王女であるシェリー、聖女であるキラ。

それぞれが国にとって重要な人物であり、本来であれば戦いに身を投じる必要がない人間。元より、守らなければならない側の存在だ。

こうして矢面に立つこと自体異常。確かに、倫理観を問うには些《いささ》か遅すぎるかもしれない。

「ねぇねぇ～、戦力って話なんだけどさ……フィルくんが一人捕まえてたでしょ～？　あの子はこっち側で雇えないの～？」

「本人曰く、金を積まれたとしても流石にこの局面で裏切ることはできない、だそうです。一応、人の心があったみたいですね」

「逃げられて向こう側につかれることを考えれば、まだ譲歩してくれたと考えた方がいいだろうな。せっかく捕まえた犬に噛まれれば目も当てられん」

シェリーはカルアの淹れた紅茶を一口含む。

「まぁ、今回は探究材料を拝めるいい機会だと思って甘んじて受け入れるとするか」

「私はフィルくんに褒められるため～」

「では、皆様――」

カルアが口にした瞬間、皆の視線が庭園の真ん中へと向けられる。

すると、上空から三つの人影が地面にクレーターを作り現れた。

「けほっ……もうちょっと、マシな着陸方法ってなかったわけ？」

「しょうがねぇだろ、嬢ちゃん。こっちの方が手っ取り早かったんだから」

「うげー……戦う前から吐きそうー」


今度はただローブを羽織っているだけ。

一人は顔に大きな傷を残している大柄な男。もう一人は表情が乏しい可愛らしい少女、最後の一人は無邪気という言葉が似合う、顔立ちの似た女の子。

それぞれが、緊張感もなく三人しかいない礼拝堂前の庭園に現れる。

キラ、シェリーがゆっくりと椅子から腰を上げた。

そして——

「私達も始めましょう。事が終わるまでの足止め要員です」

あくまで、三人は足止め要員。

目的はこの奥へ誰も行かせないこと、隙あらば向こうへ参戦すること。

部外者と雇われた者。

本筋に関わらない人間達の戦いが、今火蓋を切る。

◆
◆
◆

アリシア・アメジスタは礼拝堂にあるテーブルで一人、女神へお祈りをしていた。

静けさが広がる中、両手を合わせるアリシアを誰も邪魔はしない。

何を願い、何に感謝し、何が望みなのか？　目を閉じるアリシアの心は誰にも分からない。

それが数分以上続き、外から何やら少し激しい音が聞こえるとゆっくり目を開いた。

「始まったみたいだな」

ふと、アリシアの背後から声がかかる。

アリシアは背後を振り向き、背もたれに顎を乗せるような形で振り向いた。

「だねー。これはまた修繕費のことで頭を悩ませる予定ができちゃったなぁー」

「何もこんなところでしなくてもいいのに。礼拝堂さんが傷ものにされた挙げ句更に傷つけられようとしてるぞ」

アリシア達のいる礼拝堂はまだ修繕途中だ。

天を覆っていたステンドグラスも穴が空いており、そこかしこに中途半端に残った道具やら穴の空いた壁などが散見されている。

「ちっちっちー、どうせ他で被害を出すんだったらこれから直すところでやった方がいっぺんにできるでしょ？　アリシアちゃんだって頭を使ってるんだから」

「そういうもんか？」

「私はね、慣れてるんだよ……キラ・ルラミルがいっぱい壊して帰ってくるから」

なんとも嬉しくなさそうな成長方法に、フィルは苦笑いを浮かべる。

「それにしても、シェリー・アルアーデがツモれてよかったよ。一応、一国の王女様だから難しいかなーって思ってたんだけど」

「あいつは魔女のことになると喜んで引き受けるって言ったろ？　それに、前回逃がしてしまったのがどうも消化不良らしい」

「魔術師って変わってるよね」

「お嬢さんもな」

なんて軽口を交わし合い、少しの時間を椅子に座って味わう二人。

それからだった——日が差す天井から、二つの人影が降ってきたのは。

ただし、その人影も今度はゆっくり物音を立てずに。堂々と、礼拝堂の地面に降り立つ。

アリシアもフィルも、そんな人影に過剰な反応を見せることなく、落ち着いた様子で首だけを動かした。

「今度は派手な演出はしなかったんだな」

「まぁ、天井は元から空いてたし……来るって予《あらかじ》め言っておいたからね」

「それもそうか」

フィルは重たい腰を上げ、アリシアもそれに続くように立ち上がった。

そして、アリシアが見据える先は金の装飾をあしらった修道服を着た一人の女の子。

その女の子は、どこか申し訳なさそうな顔をしながらも瞳に決意が滲んでいた。

「諦めるって選択肢はなかったんだね、シャナ・サイルナ」

「簡単に諦めるほど、私の決意は薄くないよ」

「その割にはご丁寧かつ生真面目な襲撃だけど」

アリシアはシャナの決意が籠った瞳を受けながら、祭服の懐から一つの巻物を取り出す。

「これには、シャナ・サイルナがほしがるような情報はなかったよ。読んだらガッカリするかも」

「それは私が読んで判断する。何？　今更説得？」

「ううん、一応言ってみただけ。そうじゃないと、私が有無を言わさず捕まえたって言いがかりをつけられるかもしれないからさ」

説得だけはしてみる。断られると分かっていても、体裁だけは整えておかなければならない。

あくまで襲撃したのは向こう。己に非はない。教皇という立場上、そこだけはハッキリしておかなければならなかった。

「……それじゃ、あんまり長引かせるものじゃないから始めようか」

アリシアが背後に巨大な天秤を出現させる。

味方のはずなのに、背後から伝わってくる重苦しさは異常なものであった。

しかし、フィルは気にせずアビへと言葉を投げる。

「久しぶりに会った親友とすることじゃないとは思うが……」

「まぁ、譲れないものがあるからね。仕方ないよ」

「じゃあ、その譲れないものはしっかりと譲ってもらうとして――」

　四者それぞれの目付きが変わる。

　多くは語らない。語るなら相手を捕まえたあとに。語らずに終わらせるなら、相手を倒してから。

「魔術師は全員滅ぼす。それが魔女《あの子》を救う方法だから」

「そう己の力量も知らずに言っちゃうお子様っているよね。っていうわけで、私が躾《しつけ》してあげるよ」

「じゃあ、こっちはこっちで久しぶりに喧嘩でもしようか」

「ハッ！　十戦十敗がよく言うぜ」

　ここに、もう一つの戦いが始まる。

　ただ、片方と違うのは……こちらが本当の戦いというもの。

　ついてきてくれた聖女に、慕っていた教皇。

　死んだと思っていた『英雄』と呼ばれる親友と、『影の英雄』と呼ばれる今を生きる親友。

　魔女を巡る争いはこの戦いから始まり、この戦いで終わる。

　これは、ハッピーエンドで迎えるお話の最後だ。

魔女を巡る完結戦

庭園で始まった戦闘において、まず先に動いたのはカルアであった。

足に力を込め、一歩を踏み締める。そうすると、たったワンムーブだけで相手の眼前へと迫ってしまう。

まず先に狙ったのは、最初の襲撃において相対した大男であった。

懐へ潜り込み、下から蹴り上げるようにして顎へ一撃を与える。目で追えない速さと死角からの攻撃によって、確かにカルアの足へ鈍い感触が伝わった。

しかし――

「何かしたか、嬢ちゃん？」

雇われの魔術師――セキレイは、ギロリと視線だけをカルアへと向ける。

「チッ」

カルアは舌打ちをすると、そのまま何度も殴打を浴びせた。

見た目は華奢だが、速度を上げることによって生まれた力は単純な人の力をゆうに超える。

時に相手の首すらも吹き飛ばす威力は目にも留まらぬ速さで繰り出され、確かな感触を拳に残した。

「さっきから痒いぜ、嬢ちゃん。気を遣って猫の手の役割でもしてくれてんのか？」

だが、これでもダメ。

一体、この男の魔術はどのようなものなのか？　カルアはとりあえず一度後退して距離を取る。

「ただいま戻りました」

「ありゃ〜、ダメだったか〜」

カルアが戻ると、キラが大槌を担ぎながら何故か頭を撫でてくる。

落ち込んだと思われているのかもしれないが、別に落ち込んでいるわけではないと、カルアは口にしたかった。

とはいえ、そんなことを言って機嫌を損ねるわけにもいかない。というより、今は眼前で始まる戦闘だ。

「それじゃあ、次は私が遊ばせてもらうとするよ」

そう言って、シェリーが手から生ませた賽子《さいころ》を宙へと放る。

なんだ、と。敵だけでなくシェリーの魔術を知らないカルア達までもが首を傾げた。

出た目は――――『5』。

その瞬間、シェリーの肩に大きな槌が現れた。

サイズはキラと同程度のものではあるが、深い黒で覆われた色合いは聖女のもつそれとはどこか反しているように思える。

「ふむ、『5』か……存外悪くないな」

そして、それをシェリーは思い切りぶん投げた。

非力な女の子が投げられるのかと疑問には思うが、実際に大槌は一直線にセキレイへと向かっていく。

念のため。ほんの念のためだ。

セキレイは避けず両手を前にクロスする要領で大槌を迎え入れる。

すると――

「ぐガッ!?」

両腕にめり込んだ大槌はそのままセキレイの顔面へと突き刺さり、今日初めての痛みと共に後方まで吹き飛ばされた。

「ちょ、ちょっとセキレイ!?　あれ、君の魔術ってなんにも効かないんじゃないの!?」

「……驚き」

吹き飛ばされたセキレイを見て、少女達――姉《ユナ》と妹《ミナ》はそれぞれ驚きの声を上げる。

地面をバウンドし、ようやく壁という吸収材料によって止まったセキレイは口元を拭いながらゆっくり体を起き上がらせた。

「どういうからくりだ、こりゃ？　俺の魔術が発動しなかったぞ……？」

セキレイの魔術は『無干渉』。あらゆる外的要因に対して人体に影響を与えず、魔術発動時のみ文字通りの無敵を体現するものである。

それ故に、カルアの強力無慈悲な一撃にも耐えられたし、二人をおぶっての着地の衝撃も影響を受けなかった。

しかし、たった一つ。目の前で投げられた大槌にのみ、セキレイの魔術は意味をなさなかった。

何故か？　それは――

「ふむ、予想は大当たり、と。存外私の部下の魔術も馬鹿にはできんな」

シェリーの魔術は『探求』した相手の魔術を一時的に模倣するものだ。

ライガというシェリーの部下は『賭博』を理想とした魔術を扱っており、賽子の出目によって出現する武器は変わる。

出目は『5』。そこから現れるのは、投擲《とうてき》時に与えた衝撃の絶対的な付与だ。

そこに魔術があろうがなかろうが関係ない。必ずダメージを与えられる、高い出目の恩恵である。

ただし、一度きり。投擲された大槌はすぐさまその姿を消失させた。

「じゃあ、お姉ちゃんも負けてられないってことで～」

キラが同じような大槌を肩に担いだ状態のまま、相手に肉薄していく。

その時、ミナという少女がキラに向かって小さく息を吹いた。

何をするつもりなのか？　なんて疑問は抱かない。魔術師との戦いは手探りから始まるババ抜きなのだが、こんな互いに初めましてな状態では全ての行動が初見。

（どうせ何かあるなら攻めるのみだよねぇ～）

キラは肉薄して大槌を振るうが、そのまま身を転がして回避される。

だったら次はミナでしょ。振るった威力を保持したまま、体を捻ることで方向をミナへと変えた。

タイマンでは絶対的な力を発揮するキラの一撃はしっかりとミナに当たり――空を切った。

「へ？」

当たったはずなのに、どうして何も感触がないのか？

いや、そもそもなんで――

「霧になったぁ!?」

「……うるさい」

驚くキラの背後から薄っすらとした輪郭の両手が浮かび上がり、突然顔を掴まれ地面へ叩きつけられる。

「ッ!?」

「……もう少し静かに戦おう、ね？」

キラの上へ伸し掛かるように、消えたはずのミナの体が現れた。

輪郭は先程と変わらない。全体が霧に覆われているような、薄っすらとしていてどこか揺れているもの。

本当にうるさかったからか、薄っすらとしている表情にはどこか不快さが滲んでいた。

しかし、すぐさまキラの片手がミナの腕を掴み、そのまま背負い投げの要領で投げ飛ばす。

「あはっ！　なんだ〜、触れるじゃん☆」

「……たまには、ね」

投げ飛ばされたミナの体は宙に浮いた状態で空気の中へと溶け込んだ。

恐らく、体を変化させる魔術なんだねぇ～、と。大槌を構え直したキラは周囲を警戒し始める。

その直後、キラの横へ先程大槌で叩き潰そうとしたユナが肉薄してくる姿が視界に映った。

「うちの妹をいじめるな、アバズレ！」

「ア、アバズレ!?」

ショッキングな発言に、キラは思わずショックを受けてしまう。

そんなキラの気持ちなど関係なし。ユナは舌なめずりを見せたままキラへと迫るが、途中で一人のメイド服を着た少女がユナの眼前へと一瞬で現れた。

「汚い言葉を使う失礼な子供にはお仕置きしないとね」

一撃。今日一度も通用しなかったカルアの蹴りがユナの頬へとめり込んだ。

「バッ!?」

セキレイの時とは比較にならない。

ユナの体は庭園の壁を砕き、彼方《かなた》まで何度もバウンドし飛ばされていく。

「さっすが、カルアちゃん～♪」

「ありがとうございます。ですが……この程度で倒れるとは思えませんね」

そう口にした瞬間、辺り一面が眩い光に包まれた。

何事か？　と、振り返る余裕もなく、一直線に光は吹き飛ばされたユナの下へ向かっていく。

「各個撃破は乱戦においてセオリーだからね。恨んでくれるなよ？」

が、しかし。寸前でセキレイの体が割って入り、生まれた光は粒子となって天へと昇った。

「あっぶね……やべぇな、そっちの嬢ちゃんも」

無干渉が為《な》せる業《わざ》。頬に伝った血を拭いながら、セキレイはシェリーへ含みのある笑みを見せる。

余裕だと言いたいのか、それとも先程の意趣返しか。

「景気がいいじゃないか。そうやって力を見せる度に探求材料が増えていくんだ、もっと面白いのを見せておくれ」

「おーけー。よく分からんが、レディーの要望には応えないといけないわな！」

セキレイがシェリーに向かって駆け出していく。

タイマンでも張るつもりなのだろう。いさぎよし、と。シェリーは笑みを深めて宙へ賽子を振っていく。

出た目は――――『4』。

「チッ、そう上手くはいかないか」

出目によって生まれたのは籠手《こて》。迫るセキレイに向かって思い切り籠手のついた拳を振りかざす。

今から行われるのはあくまでタイマンだ。避ける選択肢など、端《はな》から存在せず。

セキレイも振り上げられた拳に合わせて己の拳をシェリーへと振り上げる。

賭博によって生まれた籠手は腕力以上の力を引き出すのと同時に、遠距離まで威力を飛ばすものである。

よって、拳を突き合わせれば腕力以上の威力と、飛ばすはずだった威力を同時に相手へ与えることになるのだが――――

「ッ」

籠手が弾かれる。正確に言えば、突き合わせる直前に腕を戻されたと言うべきか。シェリーは無防備の状態となり、容赦のない拳が頬へと叩き込まれる。

「ハハッ！　悪いな、レディーを殴ったりなんかして！　とはいえ、文句は言うなよ？」

「言わないさ……あぁ、もちろん。それは無粋だろうからね」

籠手が消失する。

もう一度、と。セキレイは無防備になった胴体へ拳を叩き込み、再びシェリーから苦悶の声が上がった。

その時、ふとセキレイの視界にいつのまにか投げられた賽子が足元に映る。

出目は――――『6』。

「……ア？」

ザシュ。なんとも乾いた音がセキレイの体から聞こえた。

「やはり、存外私はライガよりも運がいいのかもしれないな。あとで自慢してやろう」

なんの音だろうか？　そう思い、セキレイは己の体に視線を落とした。

肩口から胴体に向かって真っすぐに何やら赤黒い液体が滲み出ているのが見える。

そして、視線を上げると――――何も持っていなかったはずのシェリーの手に、何故か白く輝く大剣が握られていた。

「『豪剣象《シンボリツクウエポン》』」

シェリーは挑発するような不敵な笑みを浮かべて、セキレイを見据える。

「約十六パーセントの確率を引き当てた者にのみ与えられる素晴らしい景品だ。どうだい？　王女である私が持つに相応しい武器だろう？」

シェリーの部下であるライガの魔術の中で最も運がいい人間のみに与えられる特典。

あらゆる者を斬り裂き、間合いという概念すら消してくれる。

他の出目で出た武器と同様、一度振ってしまえば消失してしまうのだが、一撃必殺必中は完全に初見殺し。

どれだけ己の体に自信があろうとも、どれだけ魔術に自負があろうとも関係ない。

この世に運ほど理不尽で、強力で、無慈悲なものはないのだ。

「そ、そりゃねぇだ、ろ……」

ドスッ、と。セキレイの体が地面へと倒れた。

以前、フィルに同じように振るったのが記憶に新しく、その際は倒れさせるまでには至らなかった。

とはいえ、あの時は先に『縛り』の世界という壁が間に入っていたため一撃とまではいかなかったのだろう。

しかし、今回はまったくの無防備。ただただ魔術しか付与していなかった体であれば、確実に致命傷になってしまう。

「まぁ、十六パーセントなんてホイホイ出せるものではないがな。『1』や『2』が出た時のことを考えればゾッとする」

やはり賭博は好きになれないね、と。シェリーはセキレイの体を跨いで一歩進んだ。

「……セキレイがやられちゃった」

どこからともなく、そんな声が響き渡る。

戦いに集中していたからか、辺り一面が霧で覆われているのを今更ながらシェリーは気がついた。

直後、シェリーの頬へ何故か衝撃が走る。

「ッ」

「……仲間意識は薄いけど、これはお返し、ね？」

振り抜かれた足が見えたのは蹴られた直後であった。シェリーはなんとか踏ん張りながらも思考を巡らせる。

(実体を霧に変えられるのか？　とはいえ、攻撃を出す一瞬だけは実体になる必要があるみたいだな)

となると、ここは。

そう思った瞬間、またしても真下から振り上げられようとする蹴りが映った。

魔術以外は単なる女性。当たろうとしている蹴りが寸前で現れて対処できるわけもなし。

しかし――

「君なら対処できるだろう？」

「はい、もちろんです」

すぐさま、白いフリルがシェリーの眼前を横切った。

「あガッ!?」

突如現れたミナの体がピンポン玉のように吹き飛んでいった。

一瞬で現れる実体が、周囲に濃い霧をまき散らしながら転がり、緑が美しかった庭園を壊していく。

「……なん、で」

「なんでって言われても……そんなの、現れた瞬間に叩いただけよ？」

「……は？」

「言っておくけど、私の目は特殊だから」

メイド服を翻しながら、カルアはミナに向かって歩き出す。

カルアがしたことは至って単純だ。攻撃するために実体化した瞬間蹴りを叩き込む。

本来、どんな人間でも魔術師でも殴られる直前に姿を見せられれば対処はできない。

だが、カルアの目は己の魔術によって上がった速度に対応できるよう視力が強化されており、大体の動きはほとんどが上がった速度を可視化できるようスローモーションのように映っている。

そのため、いくら一瞬で現れたとしても一瞬で動き回るカルアの目は捉えてくる。あとは、一瞬で現れた者に己の速度で対応すればいい。

速度に特化した魔術師。だからこその離れ業、対処法。

ミナは「チート……」と、口から血を溢しながら悪態をついた。

「なぁ～んか、お姉ちゃんだけなんの活躍もなしっていうのも悔しいなぁ～」

大槌を担ぎながら、どこか不服そうに呟くキラ。

とはいえ――

「まぁ、安心しろ聖女殿」

直後、庭園を覆いつくすような影が一帯に現れた。

「君の出番は、もちろんご丁寧に向こうさんが用意してくれたよ」

フィルの魔術ではない。単純に、陽の光によって生まれたような影。それでも、庭園を埋め尽くすような影だ。

キラとカルアはゆっくりと頭上を振り仰ぐ。

『私の妹をいじめるなアアアアアアアアアアアアアアアアアアアアアアアアアアアアアアアッッッ！！！』

そこには、昇る陽を覆い尽くすかのように立つ巨大な赤黒い獣の姿があった。

「なるほど……こりゃ、お姉ちゃんの出番はちゃんとあるかもね♪」

敵はまだ存命、戦闘可能。

キラは不敵な笑みを浮かべたまま、大槌を構えた。

ザッ、ザザッ。

◆◆◆

◆◆◆

まず先に話しておこう。

フィルとアリシアに二人を殺そうとする意思はなく、そこに関してはアビやシャナも同じ思考であった。

シャナ達にとっては遺物を奪うことが目的であり、フィル達は捕縛することのみが目的。

そこに友人として、知人としての温情も含まれているのだろうが、無用に殺しをしない面子《メンツ》が集《つど》ったからこそ戦闘においての意識が一致する。

とはいえ、殺さないからと言って手加減をする……なんて話は絶対に挙がらない。

まず、フィルが天高く聳える影を出現させる。

――縛りの世界へ誘《いざな》う大海。

「『影海』」

捕縛することのみが目的であるのなら、フィルの魔術ほど万能なものはない。

フィルが創造する縛りの世界は拘束することを象徴しており、別に誘われたとて中で人が死ぬことはない。なんなら、動き自体が封じられているために自殺すらも許さないのだ。

故に、一度誘ってしまえばこちらのもの。

礼拝堂をも呑み込む大海が、アビ達へと向けられた。

「これは少し大変だ、ねっ！」

アビは床に拳を叩きつける。

床は粉々に砕かれ……かと思いきや、長椅子を持ち上げるかのように捲れ、迫る影の海を寸前で食い止めた。

だが、『影海』は液体のようにできている。壁を作ったからといって、左右に道があれば流れ込んでしまうのは道理。

しかし、アビはシャナを抱えて捲れた床の天辺《てっぺん》へと跳躍し、迫る海から見事に退避して見せた。

そして、近くにある砕いた床の破片を握り締めると、そのままフィルへと投げる。

ただし、キャッチボールのように相手にパスをするための速度ではなく、弾丸のような速度で、だ。

フィルは持ち前の反射神経で躱《かわ》すが、すぐさま二投目が視界に入り驚愕する。

「遠慮なしか……ッ!?」

避けるにしては体勢が悪い。かといって影の中に潜るには時間が――

「【フィル・サレマバートは膝をつくことこそを真実とす】」

フィルの足から何故か力が一気に抜ける。

それどころか、頭に重石を載せられたかのような重量感が与えられ、その場で膝をつく構図が完成してしまう。

おかげで、肩口目掛けて投げられた瓦礫が空を切ってそのまま縛りの世界へと沈んでいった。

「ヘイヘイ、ナイスアシストにお礼はまだかにゃー？」

「さんきゅ、アリシア」

アリシアは自慢げな笑みを浮かべて胸を張った。

『真実』を理想としたアリシアの魔術の一部に『真実の改竄《かいざん》』というものがある。

本来であれば嘘を見破り、真実を詳《つまび》らかにするものなのだが、『真実の改竄』は名前を知る人間に限り発言したものこそを真実だと歪ませることが可能。

もう、敵の名前は把握した。であれば、アビとシャナはすでにアリシアの魔術の領域内。

「んじゃ、高みの見物をしていらっしゃるクライマーを一つ落としちゃって」

「あいあいさー」

背後にある天秤が神々しく光る。

「【アビ・ビクランは地面に着地することこそを真実とす】」

すると、シャナを抱えていたアビが眉間に皺を寄せたあと、アリシアの魔術によって自らの足で天辺から降り始めた。

あとはフィルの領域。触れたものは重力により沈み、縛りの世界へと強制的に入場させる。

だが、アビは沈みゆく足を見て抱えているシャナに一言。

「それじゃ、期待してるよ」

「うん」

その直後、アビの足が影の上へと持ち上がった。

「……なんじゃそりゃ」

フィルは頬を引き攣らせる。

持ち上がった足は沈むことなく影の上を踏み、沈むことなくアビを立たせた。

何故？　そんな疑問が浮かび上がる。

確かに、フィルの縛りの世界への入り口は万能ではない。

以前キラという聖女がフィルの影の上を歩いていたことはあった。だが、あれはキラが世界の拘束力以上の力を発揮していたからこそできていた芸当であり、そもそも彼女ですら一歩踏み締める度に足が沈んでいた。

しかし、今のアビは沈む様子すら見せない——普通に、そこら辺の地面に立つかのようにその場に留まっている。

「アビ・ビクランの理想は『英雄』」

疑問に思っていると、アリシアがポツリと呟いた。

「理想を叶えるためのテーマは『解答』。相手が求める姿を己に体現させる魔術だよ」

なんで知っているんだ？　と一瞬思ったが、そもそもアビという『英雄』は有名だ。

大司教という立場にいた人間であれば情報を手にしていてもおかしくはない。

とはいえ、フィルはアビの話を極力聞かないようにしていたため、アビの魔術など知らなかった。

それも、知ろうとしてしまえば死んだ事実が突きつけられるから……なんて思考の防衛本能が恐らく働いたからだろう。

「えーっと……つまり？」

「つまり、アビ・ビクランの魔術は指定した相手の想像通りの人間になれるってこと。たとえばシャナ・サイルナが『アビ・ビクランはどんな魔術の影響も受けないヒーロー』だって想像してしまえば、そんな人間になっちゃう」

相手の想像力次第で己の力量が決まる魔術。

恐らく、この『解答』というテーマは手を差し伸べる人間の声を叶えるために生まれたものなのだ。

こんな英雄が来てくれれば、こんな人間が傍にいてくれれば。

数多《あまた》の救われぬ人を救うため、確実に誰かの心を救うため。相手の求める人間になり、相手の要望を叶えようとする。

自分で解答を見つけるよりも、解答を持っている本人に聞いた方が早い。

これこそ『英雄』と呼ばれたアビ・ビクランが求めたものであった。

「クソチートじゃねぇか」

「だから『英雄』って呼ばれてるんでしょ」

しかし、イメージの内容によってはフィルもアリシアも手を焼いてしまうことだろう。

シャナがどんな想像をしたかは分からない。

なんとも面倒くさい魔術だ、と。フィルは思わず舌打ちをする。

「けど、それなら後ろの聖女様さえどうにかすれば詰みだろ⁉」

どうして戦力にならない聖女を連れてきたのか、初めは疑問であった。

いくら当事者で遺物を求める人間であっても、戦力にならなければ足手まといにしかならない。

実際問題、今ですらアビに抱えられながら戦いに身を投じている。

だがしかし、それがアビの魔術に必要だったという理由なら納得だ。

であれば、想像させる相手さえ消してしまえばいい。

そうすれば、アビの魔術は発動せずに無力の人間に戻っていくのだから。

故に、フィルはそのまま影からいくつもの手を生み出してシャナへと向ける。

すると――

「主たる女神よ。無力で他者を重んじるため、あまねくものから身を守りたまえ」

シャナを中心に、淡い光の球状のものが生まれた。

それはフィルの生み出した手を弾き、シャナの周囲を包み込む。

「あー……言ってなかったけど――」

「……聖女ってあんなことができるってことだろ。もっと早くその情報がほしかったよ、これじゃあ俺が演出を際立たせるためのモブじゃねぇか」

アビはシャナの体をゆっくり地面へと下ろす。

沈むはずのシャナの体は球体によって守られ、中にいる本人ごと地上へ維持し続ける。

「流石に何もできなかったら僕もシャナを連れて来ようとは思わないよ」

「……守りたいって言ってたし、そりゃそうか」

さて、どうするかと。フィルは少し考える。

「言っておくけど、恩恵ってちょっとやそっとじゃ壊せないよ」

「なんとなく承知してるよ、言われなくても」

どこまでの物量と威力を以《もっ》てすれば、あの球体を壊せるのか？　もし壊せるとしても、中にいるシャナに影響は出ないだろうか？

魔術師であるアリシアが言うのだ、きっと壊せるかもという考えは捨てた方がいいだろう。

（使いようによっては最強の兵士と、最硬の要《かなめ》、ねぇ……？）

となってしまえば、アビを倒す方向で進めた方がよさそうだ。

元より、殺傷にあまり重きを置いていないフィルの魔術であの球体を壊すような選択肢は取れない。

「一応聞いておくけど、球体の中にいるあの子にアリシアの魔術は――」

「効くかもしれないけど、腕を折るとか首を絞めるとかそういうのしかできないよ？　意外と気絶とか睡眠とかって自分自身にやらせるって難しいからね」

アリシアの魔術は真実に改竄させるが、あくまで『改竄したい相手自身の行動』に限定される。

それはアリシアが直接介入をするわけではなく相手自身にさせるため、気絶や睡眠といった本人には難しい行動というのを真実にするのはかなり手間となるのだ。

自死させれば、間違いなくアビは簡単に倒せるだろう。

だが、それは採れない選択。いくら勝利にこだわっているとしても、最低限越えられないラインは存在するのだ。

「んじゃまぁ……どうなるか分からんけども――」

攻めるのみ。

フィルはいくつもの手を生み出し、アビへとそのまま伸ばしていく。

ある手は拳を握り、ある手は瓦礫を掴み、ある手は長椅子を持って、たった一人の青年へと容赦なく振るう。

視界を覆いつくすような影の手。アビは目の当たりにした瞬間に己の拳を握り締め、一点へと振り抜いた。

視界を覆いつくすような手だ。一点を防がれたからといって他の場所からの猛威は残る。

だが、何故か。影の手は一気にアビの周囲から消えていった。

「ばッ!?」

それは、ただ一点の先――手を向けていたフィルが、後方へと吹き飛ばされ壁へと激突したからだ。

「フィルくん!?」

アリシアの声を受けながら、フィルは口元から零れた血を拭って起き上がる。

……まさか、まさかだ。

ただの一振りが離れていた敵にまで届きうる。しかも、軽く肌を撫でるような風が吹いたのではなく、己が壁に叩きつけられるほど。

(まさか一回殴っただけの衝撃が俺まで届くのか！)

どんなイメージでできてる白馬の王子様だよと、フィルは誰にも聞こえない舌打ちをした。

「フィルくん、頑張って！　マジで私戦闘向きじゃないんだからさ！」

「分かってるよ、ちくしょう！」

今度は数ではなく質量で。フィルは己の体を影へと沈ませると、巨大な馬車を影から這い出させる。

全身が黒く染まり、輪郭も朧気《おぼろげ》な馬車は人の身長をゆうに超え、礼拝堂の高さギリギリにまで迫る。

そんな馬車は大きな声を上げ、アビ目掛けて一直線に走り出した。

いの一番で身を転がしたアリシアと同じように避けることはしないだろう。何せ、後ろにはシャナという聖女がいるのだから。

いくら恩恵によって守られているとしても、みすみす敵の攻撃を食らわせるとは思えない。

でなければ「守りたい」と、そう願い死を偽装などしないはずなのだから。

その考えは正しかったのか、アビは迎撃態勢を取るかのように腰を落として拳を構えた。

そこへ、アリシアの声が響き渡る。

「【アビ・ビクランは直立で不動こそを真実とす】！」

アビの構えが解かれ、場に合わない直立不動を見せる。

直後、巨大な馬車が前に人がいるなどお構いなしに突っ込み、アビの体が遥か後方へと吹き飛ばされた。

しかし、アビは壁にぶつかるどころか足場とし、そのまま軽々と体勢を元へと戻す。

「ノーリアクションっていうのも寂しいもんだな！」

「実際にリアクションを取るほどのものじゃなかったからね！」

そこへ、地面から浮上したフィルが渾身の蹴りをアビの顔へと叩き込んだのだが、その足は顔に当たったあと、そのまま摑まれ地面へと叩きつけられた。

とはいえ、地面はフィルの作った影が広がっている。背中に押し潰すような衝撃は発生せず、そのまま水溜まりに沈むように姿を消した。

「これは躊躇《ちゅうちょ》なんかしてたらこっちがジリ貧だね……ッ！」

その様子を見ていたアリシアが祭服の裾を捲りながら口にする。

「【アビ・ビクランは己の腕を落とすことこそを真実とす】！」

ザシュ、と。言葉の終わりにそんなみずみずしい音が聞こえた。

どのようなイメージで形作られているか分からないが、己の腕を残った腕へ振り下ろしただけでいとも簡単に左腕が血飛沫を上げて落とされる。

遠慮はしない。アビという男が脅威だというのは言わずもがな。ここでフィルの動きやすいようアシストをしなければ負けてしまう可能性がある。

しかし――


「彼《か》の者に癒しを」


血飛沫を上げたはずの左腕が、まるで再生するかのようにアビの腕へと戻った。

「あはは……いや、そういえば忘れてたよ」

頬を引き攣らせるアリシア。

向こう側にいるのは単に己の身を守るだけの存在ではない。本職はこちら、他者を癒すことのみに特化した女神の御使《みつか》い。

神から与えられた力だからか、本来ではあり得ない傷の復元を可能としている。

「ねぇ、フィルくん。これって勝てると思う？」

頬を引き攣らせながら、アリシアはどこに向かって言うのではなく呟く。

その時、アリシアの横の地面からゆっくりとフィルが這い出てきた。

「勝てるかどうかじゃねぇよ」

天井をも覆い尽さんとする影の手を生み出しながら、フィルは口にする。

「勝たなきゃなんにも解決しねぇだろ。譲れないものがあるのはこっちも同じなんだから」

相対するのはイメージによって個として最強となった魔術師と、いくらでも傷を復元させる聖女。

致命傷を与えようとも、軽い傷で消耗を狙おうとも無意味。

いつでも戦え、いくらでも拳を握れるたった一人の英雄《ヒーロー》。

これほど脅威で憎たらしい組み合わせは、きっとこの先にもあとにもいないことだろう。

◆◆◆

ザッ、ザザザザッ。

◆◆◆

ミナの姉であるユナの魔術は、他の魔術師が扱う魔術とは少し違う。

世に事象を与えるのが魔術師でありながらも、世ではなく己自身に事象を与えるよう全ての術式を編み込んでいる。

ミナの霧化を見れば「何もユナだけじゃ……」と思うかもしれない。

確かに、ミナも己の体を霧状へと変化させているし、カルアやキラといった力を向上、身体を強化している魔術師も己の体に効果を与えている。

だが、効果を与えているのと術式を編み込むのは毛色が違うのだ。

編み込んだ術式は魔力を与えることによって起動し、生物が一つの事象として世に固定される。

つまり——


『獣化アアアアアアアアアアアアアアアアアアアアアアアッッッ！！！』


術者本人が、新しい生物として定義される。

「やっぱ……これ～、もう人の形すらしてないじゃん～」

キラが大槌を肩に担いだまま一直線に獣へと突貫していく。

相手が獣だろうが、人だろうが、大槌を持っている限りキラの魔術は相手の力以上の力を付与する。

足元まで行き、払われる腕を跳躍で躱したあとに繰り出されるひと叩きは、容易に肩からごっそりと獣の肉体を奪った。

『ggaaaaaaaaaaaaaaaaaaaaaaaaaaaaaaaaaaaaaaaaaaaaaaaaaaaaaaaaaaaaaaaaa!!!』

言葉なのか雄叫《おたけ》びなのか分からない声が鼓膜を激しく刺激する。

がしかし、その雄叫びもすぐに治まり……抉った肉がすぐさま復活した。

「うっそぉ～!?」

キラは落下しながら驚愕する。

ユナの体は、あくまで術式によって生まれたものだというのは魔術の流れで分かる。

本来であれば新しい事象として生まれたものは、魔力の供給がなくならない限り、本人の意思でなくさない限りは消えないのだが、術式自体を体に組み込んでいる者はその限りではない。

事象を維持させるために絶えず自動で魔力が供給され、元の事象へと戻ろうとするのだ。

つまり、魔力がなくならない限りはユナは倒れることがない。

『私の妹をいじめるなアアアアアアアアアアアアアアアアアアアアアアアアアアアアアッッ！！！』

巨大な腕がキラの体を思い切り叩きつける。

いくら力が自動《オート》で上がったとしても、体がその分頑丈になるわけではない。

一時的な筋力の向上。筋肉の質は上がっているが、その分でしか体は上積みでカバーがされないのだ。

「がッ!?」

叩きつけられたキラの口から大量の血が零れる。

図体以上の腕力。地面に巨大なクレーターを作ったキラは、体を痙攣《けいれん》させた。

しかし、そんなキラの心配など敵がするわけもなし。追撃するように巨大な前足が踏み潰さんと襲い掛かる。

「キラ様っ！」

その前足に、鈍い音を響かせるほどの蹴りが与えられた。

カルアの上げられた速度は図体を押し退《の》けるほどの威力があったのか、ユナは叫びを上げて一歩後退した。

もはや庭園ではカバーできない。後退しただけで庭園を越え、大聖堂の敷地へと後ろ足が踏み入る。

周囲への被害が凄いことになっている……などと、心配している余裕はない。

明らかに致命傷とまで言えるほどの吐血をしたキラの体が心配だ。カルアはすぐさまキラに駆け寄ろうと——

「ふぃ〜、危なかったぁ〜」

「え？」

——した時、何故か近寄ろうとした相手が五体満足で額を拭い立ち上がっていた。

「あ、あの……キラ様、大丈夫なのでしょうか？」

カルアは信じられないと、驚きながらキラに尋ねる。

すると、キラはいつも通り爽やかな笑みを浮かべてサムズアップを見せた。

「おーるおっけー！　忘れてるかもしれないけど、お姉ちゃんのステータスは聖女だよ？　自分の体ぐらい、恩恵でちょちょいのちょいなのですどやぁ〜！」

女神の恩恵は治癒に特化している。

確かに、基本的には他者へ向けられるものなのだが、別に自分自身へ向けられないわけではない。

自身が傷を負った、だから治す。そんな式が成立してしまう。

「……なんでもありですね」

「じゃないと、お姉ちゃんは『裁定派』の人間として戦ってこられなかったよぉ〜！　こう見えても、フィルくんに負けるまでは魔術師相手でも無敗だったんだから♪」

カルアは頬を引き攣らせる。

どんな致命傷を負おうが、一撃で意識を刈り取られない限りは立ち上がり続けられる。

ある意味、不死の戦士。一人で戦いを成立させる異端者。頼もしいことこの上ないのだが、味方だとしても少々不気味さを感じずにはいられなかった。

そんな様子を、庭園の隅で悠々と眺めているシェリー。

「もしかしたら本当に彼女が適任だったのかもしれないね。あの相手でこの様子だと、私の出番はどうやら薄そうだ」

今のユナに生半可な攻撃は通じない。

どれだけ削ろうとも再生してしまうのだから、なんども強力な一撃を繰り出せる人間の方が効率的で適任。

シェリーの魔術はあくまで模倣。ライガの『豪剣象《シンボリックウエポン》』ぐらいしか手持ちのカードで削り切れそうなものはない。

とはいえ、あらゆる魔術を無視して斬り裂ける『豪剣象《シンボリックウエポン》』を与えてみるとどうなるのかは少し気になる。まぁ、約十六パーセントの賭けに勝たないといけないわけなのだが。

そもそも、その前に――

「……お姉ちゃんの、邪魔はさせない」

フラフラと、カルアの一撃でダウンしていたミナが起き上がる。

「私はこちらの相手をしなければならないみたいだね。やれやれ、一人倒したというのに、この仕事は休まず働かせるブラックのようだ」

恐らく、まともに目の前の勝負に勝とうと思えば、相性のいいカルアを招集した方が賢明だ。

しかし、そのカルアはユナの方へと出張っている。

交代した方がいいのだろうが、そうなると今度はあの獣に自分が対処しなければならず、分の悪い構成が別のところで完成してしまうだけ。

結局のところ、分が悪い方へシェリーは駆り出されるのだ。なら、少しでも対応できそうな相手の方がいい。

「……ここで死んだら、どうしてくれようかね」

悪態をついた瞬間、シェリーの周囲一帯を深い霧が覆った。

一方で、カルアは引き攣らせた頬を戻し、新しく世に現れた生物に向かって突進していった。

悲しいことに、カルアの強みである速度の向上には限りがある。場所が庭園……大聖堂の中と限定されており、下手に速度を上げるために動き回ればこれ以上の被害が出てしまうかもしれない。

故に、出せる速度は最低限の範囲の中で動き続けた時間が上限。

だが、侮ってもらっては困る。範囲が狭くなったとはいえ、上限までの速度でも充分に破壊的だ。

ただの飛び蹴り。それだけで、獣の首を肉片まで分解し吹き飛ばす。

だが、少し他の魔術師とは違う魔術が、何事もなかったかのように獣の首を元に戻していった。

「……まるでキラ様みたいですね」

「私と一緒にしちゃダメだよぉ～！」

キラが足を大槌で抉りながら答える。

「私は首一発吹き飛ばされたら死んじゃうけど、この子は首がもげたところで終わらないだろうからねぇ～」

「……不死」

「じゃないよ、魔術師だもん♪　魔力がなくなれば術式は起動しないし、維持できない～！　バッテリーが切れるまで、私達は楽しいゲームでも続けよう～！」

キラが舌なめずりを見せながら獣へと突貫していく。

図体は大きいが、さして素早いわけではない。敵からしてみればカルア達は蟻に見えるだろう。

すばしっこく、たった数回の攻撃で屠れる相手。

対して、カルア達は象を相手に戦っているようなもの。一撃の力は大きいが、そう簡単に攻撃を食らうわけではない。

特にカルアは基本的に敵の攻撃が当たることはないのだ。

直前まで足が迫ったとしても、認知してから回避行動を取ることが可能。

ただ、問題は――

(何度も再生されるってことよね)

上空へと飛び、胴体へと踵を落とす。穴が開き、メイド服に肉片と血が飛び散るが、向こうはすぐさま穴を塞ぎにくる。

魔力がなくなるまでの戦いほど先が見えないものはない。というより、魔力の限界値という点では別にユナだけでなく自分達にも当て嵌まるものだ。

(埒が明かないから逃げてもいいんだけど……)

こんな相手をフィル達の下へ行かせるわけにはいかない。というより、参戦云々の前にこんな怪物が水上都市のどこかへ向かえば、自分達以外の誰かが被害に遭ってしまうかもしれない。

「がうがうわんわん～♪」

キラが大槌を振るって前足の一本を吹き飛ばす。

しかし、残った足が横なぎに払われ、キラの体が弾丸のように庭園の壁へと衝突してしまった。

恩恵によって治癒したキラが立ち上がり、再び獣へ接近。復元された前足が振るわれ、それを大槌で受け止める。

カルアも負けじと初速で顔へ蹴りを放った。とはいえ、今回は初速。上がり切れていない速度で生まれた力は首を吹き飛ばすまではいかず、大きな牙を携えた口で噛みちぎられそうになった。

『クソ、羽虫がアアアアアアアアアアアアアアアアアアアアアアアアアアアアアッッッ！！！』

獣が今日一番の雄叫びを上げる。周囲の草木は音によって吹き飛ばされ、礼拝堂の側面を覆っていたステンドグラスにヒビが入った。

そして、近くにいたカルアとキラの耳から薄っすらと血が滴る。

「やっぱ」

カルアが耳に手を当て、さり気なく血を拭う。

案の定、鼓膜が破れてしまったみたいだ。音速以上のスピードで走るカルアの鼓膜が、だ。

おかしいと思いながらも、実際に音が遠くなってしまったため気を取り直して瞳に拳を叩き込む。

獣が何やら叫んでいるが、カルアの耳には届かない。

そんな時。

沸々と、カルアの胸の内にある感情が湧き上がる。

（あぁ……腹立つ）

己の役割だというのは理解している。ここで雇われの魔術師共をフィル達の戦いが終わるまで足止め、もしくは撃退すること。機会があればフィル達に合流すること。

であれば、今はこの獣を相手に拳を握って倒すことが目的となる。

だが、私の理想は『寄り添い』だ。望む相手とどんな時でも寄り添いたいと思う人間。

今はどうだ？　この場に、自分の望む相手はいるのだろうか？

「あぁ」

分かっている。分かっている。

これが合理的に正しく、この方が効率的だということも。

けど、自分はフィルの傍にいて一緒に戦って一緒に笑って一緒に苦しんで一緒に死ぬ人間だ。

こんなところで、いつ倒れるか分からない獣の相手などしている暇など、本来はないのだ。

「……クソ獣畜生が」

「カルアちゃん？」

拳を振り下ろし、獣を地に伏せさせたカルアの様子を見て、キラはふと首を傾げた。

しかし、そんな心配を孕んだ疑問の声も、カルアの耳には届かない。

「道を空けなさい、ド三流」

カルアはもう一度拳を振り上げる。

「私は早く愛しい人《フィル》のところに行きたいんだからッッッ！！！」

そして、その拳は頭蓋骨を粉砕した。

◆◆◆

ザッ、ザザザザザザザザザザザザザザザザザザッ。

◆◆◆

『英雄』と『影の英雄』との戦いは、想像以上に一方的な戦いへとなっていた。

「ばッ、ぐ!?」

「どうしたの、フィル!? それじゃあ、君の譲れないものは僕がもらっちゃうよ!?」

無数の影の手が摑まれ、フィルの胴体に重たすぎる一撃が叩き込まれた。

地面をバウンドし転がる……かと思いきや、フィルの体はそのまま地面へと吸い込まれ、代わりに無数の鎖のようなものが束となってアビへと襲い掛かる。

「【アビ・ビクランはその場から動かないことこそを真実とす】!」

アリシアの言葉がアビを制止させ、鎖の束が容赦なく顔……もとい瞳へと突き刺さる。

いくら頑丈であっても、脆い部分は必ずどこかしらに存在する。予想通り、鎖は瞳に突き刺さり、アビの顔から苦悶の表情が浮かんだ。

しかし、それもすぐに治癒の恩恵によって再生される。

「彼の者に癒しを」

真実は履行された。一時的に不動を強《し》いられたアビの体が動き出し、近くにあった長椅子を摑むとアビはそのままアリシアに向かって勢いよく投げる。

「フィルくん！」

アリシアの足元が沈み、長椅子が届く寸前に体が沈み切った。

そして、フィルの体がアビの背後へと現れ、影から生んだ鋭利な槍と共に拳を叩き込む。

だが、全てをまともに食らってもなお、アビの体にはめぼしい傷は生まれなかった。

「お前、随分と化け物になって帰ってきたな!?」

「失敬な。僕はこれでも立派な人間だよ、君と同じでね！」

「そうか、よっ！」

防がれたことによってフィルが蹴りを叩き込むが、先にアビの拳が動く。

その手は動いたものの、いつの間にか地面から飛び出た鎖によって封じられ、容赦のないフィルの蹴りがそのまま鳩尾へと突き刺さった。

「【アビ・ビクランは己の右足を切り落とすことこそを真実とす】！」

いつの間にか礼拝堂の隅に浮上したアリシアからそんな真実が告げられ、正面にフィルが立っているというのにアビは己で己の右足を切り離した。

いける、と。フィルがそのまま拳を叩き込もうとするが、何故かアビの拳が胴体へと加えられる。

「がッ!?」

「ごめんね、痛みには結構慣れてるんだ」

吹き飛ばされたフィル。その間に、シャナがアビの足を再生。そして、アビは一直線にアリシアの下へと向かった。

元より、アリシアの持つ遺物が目的。

（ご丁寧に付き合ってあげる義理なんてないしね！）

アリシアの魔術は厄介だ。

その気になれば自死すらさせられる力はアビの動きを何度も阻害してきた。

フィルをこれから倒していくのに、間違いなくアリシアは邪魔になる。

倒せないとしても、遺物さえ奪えば二人と戦わずに逃走に専念ができる。

――狙わない筋合いはない。

相手は非戦闘向きの魔術師。まともに相対すれば、分は間違いなくこちら側にある。

「ここで私っすか……ッ！」

方向を変えたアビにアリシアは驚くと、身を翻して距離を測ろうとした。

だが、それよりも先にアビがアリシアの背中を捉える。逃げられないようにと、アビは襟首を掴むため手を伸ば――

「お前の相手はこっちだろ」

――そうとした最中、どこからともなく現れた足がアビの体を吹き飛ばした。

（って、そう簡単にはいかないか……）

地面を転がり、穴の空いた天井を見上げる。

何度やっても、あまり戦うという行為に快感も好感も覚えられない。今この瞬間ですら、願わくはこのままじっと過ごしてフィルと話していたかった。

（けど、それじゃあ守りたい者も守れないよね）

アビは軽々と起き上がり、いつの間にか眼前に迫っていた巨大な馬車を受け止める。

拳を一発。それだけで馬車は原形を失い、元の影へと戻るのだが、その間の時間をフィルが見逃すわけもなく真下から顎へ、鋭い拳が突き刺さる。

それでも、アビは倒れることなく現れたフィルへと双眸を向けた。

「ハッ！　化け物が！」

「フィルも大概、化け物だと思うけどね！」

そこからは、単なる近接戦であった。

拳を叩き込み、躱し、蹴りを放ち、受け止める。そんな連続が礼拝堂の中心で行われる。

「譲れないものがあるっていうのは分かってる。だが、それはお前がこの道を選ばないと得られないものなのか!?」

アビの拳が頬にめり込む中、フィルは胸倉を摑んで頭を叩きつけた。

「見ろ、周りを！　ここは教会だ、誰もいない二人きりの遊び場ってわけでもねぇ！　この戦いが終わったあとの結末は考えたことがあんのか!?」

金の話だけではない。

いくらテロリストによって邪魔されたとはいえ、アリシアの教皇としての品位は失われる。それどころか、身内から敵を出した時点で信用性も損なわれている。

もっと言えば、今日のために客を入れようとしていた店にも被害が出ているだろう。

つまり、今アビ達がしている行動は間違いなく多くの人間の利を奪っているのだ。

「説教を受ける気はないよ、フィル」

「がッ!?」

フィルの腹部に重たい一撃が入る。

「それらを覚悟して僕はここに立っているんだ。僕の気持ちは、そんな生半可なものじゃない」

今行っているものこそが悪だと分かっていても、あの子が助けたいと願っているのであれば、自分も手を貸す。

かつて誰かのために拳を握っていた『英雄』がこの決断を下したのだ、結末と過程で生まれた被害を理解していないわけがない。

理解してもなお、この道を進むと決めた。

もし、この道が間違いだと自他共に証明されるようなことがあれば――

「だから倒してみなよ！　フィルが勝てば、僕達の決断を否定できるんだから！」

最強にして最悪。そんな『英雄』の蹴りがフィルを吹き飛ばす。

影に沈むことはない。ただただ床の上を転がり、穴の空いた天井を仰向けで見上げるだけ。

「だ、大丈夫、フィルくん!?」

近くにいたアリシアがフィルに駆け寄る。

自分に聖女のような治癒の恩恵はない。せめて、と。フィルの口元から流れる血を指で拭う。

「なぁ……アリシア」

フィルは仰向けのまま、アリシアに尋ねる。

「このままもし遺物が奪われたとして、ざっくりどんな影響が出る？」

「分かりやすく言えば、私は教皇の座から下ろされる。あとは極端な話だけどアリスト教がなくなるかも……かな？　一応、遺物こそがトップの証で、証がなくなれば下も自然と瓦解していくから」

「そっか……」

ゆっくりと、重たい体をフィルは起き上がらせる。

そして、真っ直ぐに親友だった青年へと視線を向けた。

「だったら、なおさら負けるわけにはいかねぇよな」

フィルの体が、徐《おもむろ》に黒へ染まっていく。

「他の信徒の人間に被害が及ぶ……優先順位的には高くない。だが、アリスト教がなくなれば、ミリスやキラ、アリシアだって悲しむだろうっていうのは分かりきっている」

英雄のように大を助けるために拳を握るのではない。

笑っていてほしい人間が大の中にいるからこそ、拳を握る理由が生まれる。

価値観こそ違うものの、人知れず誰かを助けてきた英雄はゆっくりと立ち上がった。

「行くぞ、アリシア」

「……うん。ありがとね、フィルくん」

「気にすんな」

フィルの体がやがて黒に染まり、床一面を覆っていた影が天井まで伸びていく。

「さぁ、ケリをつけよう――」

やがて、影は天井を覆い尽くし、一時的な縛りの世界を体現した。

「最後の最後、俺の全力でこの戦いを終わらせる」

アビはそんな閉じ込められた空間の中でポツリ、と。こんな声を聞いた。

――『誰よりも自由な影画展《えいがてん》』。

フィル最大の研究成果が、今ここに始まる。

◆◆◆

ザッ、ザザ
ザザザザザザザザザザザザザザザザザザザザザザザザザザザザザザザザザザザッ。

◆◆◆

ミナという雇われの魔術師と、ユナという雇われの魔術師は双子の姉妹だ。

姉がユナで、妹がミナ。どちらも理想を渇望し、魔女に見初められた逸材である。

他者よりも圧倒的に優れている魔術師は基本、理想を渇望するあまり人と少し頭のネジが違うのだが、ミナの中でユナという姉はとても人ができた女の子だと思っている。

奔放で自由で、やはり己の理想を追いかける異端児な部分こそあれど、妹である自分をとても大切にしてくれる。

近くから聞こえてくる獣の雄叫びが、自分の身に対して憤慨してくれているものだということも、言わずとも肌で理解できた。

そんな姉が、ミナは大好きであった。

だからこそ、契約で自ら戦地に赴き、こんなことがあるのだと想定していても……頑張るしかない。

早く目の前の女を倒して、姉のところへ向かうんだ。

「……いく」

ミナの体が一面の霧の中へ溶け込んだ。

どれを殴っても構わない。霧とはあくまで空気よりも軽い水分だ。どれだけ斬ろうが殴ろうが、自身の体に影響が出るわけがない。

あとは、女《シエリー》の急所へ潜って一撃を叩き込むだけ。

本来は剣でも槍でも、武器さえあれば簡単なのだろうが、残念なことに霧化するのは己の体のみ。ナイフ一つ持つためにはそこだけ実体に戻さなければならないし、己の位置を敵に報《しら》せてしまう。

故に、武器は持てずあくまで肉弾戦。それでも、奇襲という一点においては戦場を確実に動かせるものだ。

（……セキレイを斬った時の武器を出すなら出せばいい）

どうせ斬れない。斬ったところで、空気よりも軽い己の体は上下左右勝手に流れるだけ。

あのメイド服の少女のように実体になった瞬間狙われてしまえばお終いなのだが、ただの魔術頼りの魔術師に突然現れた物体から身を守るなんて芸当はできるはずもなし。

一撃では倒せないかもしれない。己もそこまで力が強いわけではないから。

だが、二回でも三回でも。何回でも倒すまで拳を叩き込めば勝てる。

ヒット＆アウェイ。嬲《なぶ》り殺し。一方的。言葉などいくら並べても構わない、それだけのものをできるだけ早く最短で終わらせる。

（……お姉ちゃんのところに行くために）

一発。まずはシェリーの側部へ現れ、顔面へと叩き込む。

二発。次はシェリーの背後に回って蹴りを頭上から振り下ろす。

三発。今度はシェリーの――

「おい、さっきから好き放題殴ってくれるじゃないか」

ニヤリと、シェリーがどこに向けて言うでもなく口にする。

返答する気はない。その間があれば、シェリーの死角を見つけて拳か蹴りを叩き込む。

「言っておくが、相性が悪いだけであって何もできないわけではないんだぞ？」

ミナの脳裏にふとした疑問が浮かび上がった。

この局面で、一体何を言っているのだろう？　一方的に殴られ、案の定抵抗されず、自分の有利は変わらないというのに。

もしかして揺さぶってきているのだろうか？　確かに、こうした疑問を抱いている時点で戦いに集中できておらず、すでに術中なのだと言えるかもしれない。

（……だったら無視するだけ）

四発。戯言をぬかしている間に顔へもう一度。

シェリーはよろけ、口の中が切れて垂れる血を袖で拭った。

その時――――

「人の話は真剣に聞くものだぞ、魔術師……」

シェリーが徐に懐から折り畳み式ナイフと、併せて何故か小さな熊の形をしたキーホルダーを取り出した。

（……何？）

ナイフはまだ分かる。刃渡りが短いものの、せめてもの抵抗でナイフを使おうとしているのだと。

しかし、あのキーホルダーはなんだ？　持っていても邪魔にしかならないし、それで何ができるというのか？

突飛な行動によってミナの思考に再び疑問が生まれたが、そんな疑問もすぐに消し去った。

（……関係ない。よく分からなくても、私の有利は揺るがない）

実体を起こし、背後へ回ったミナが首筋へ向かって手刀を向けた。

だが、その時。

「せっかく立場が上の私が平等に接してあげようとしているんだ、あまり私を愚弄してくれるな」

――シェリーが熊のキーホルダーに向かってナイフを突き立てた。

――ミナの胸にナイフを突き立てられたような傷が生まれた。


「……なッ!?」

周囲に広がっていたはずの霧が晴れていく。

ところどころ壊れて荒れてしまった庭園の緑がよく見えるようになり、そこからローブを羽織ったミナの姿が忽然と現れた。

胸から零れる血を見て、ミナは内心パニックに陥る。

「……なん、で？　私が、いたぃ……!」

「安心しろ、答え合わせぐらいしてやる。何せ、私は『探究』が理想でね、どうにも成果を発表したいタチなんだ」

シェリーが胸を押さえて頽《くずお》れるミナへと近づく。

「私の魔術は一部のみの『模倣』。その中に『公平』という理想を持った魔術師の魔術があるんだが、これがどうにも面白くてね」

心配するわけでもない、傷を塞ごうとするわけでもない。

ただただ、見せびらかす子供のように得意げにミナを見下ろして口にする。

「何事も平等に。あまねく者を公平にしたい。それは立場も、資産も、関係も、体格も、そして——傷も」

「……ッ！」

「そう、この魔術は『対象が受けた外傷を平等に別の対象に与える』というものだ」

シェリーの部下である少女が編み出した魔術は『平等』。

己だろうが敵だろうが、対象に指定した相手は常にリンクされ、どのような外傷であっても同じように共有されるもの。

効果範囲こそ決まっているものの、敵に触れずに攻撃を届かせるという理不尽な魔術。

どれだけ身を硬くしようとも、どれだけ防具を重ね着しようとも、関係なく体へダメージが与えられる。

霧化していれば、どんな攻撃だろうとも当たることはないだろう。

ただし、元の体が一人の人間である以上、平等の対象として扱われる。

マスコットのキーホルダーへ与えられた傷をミナへと飛ばす。攻撃したのではなく、ただただ傷を共有しただけ。たったそれだけなのだ。

「……そんな、の……想定外、だし……」

ミナの意識が徐々に薄くなっていく。

朧気な視界に映るのは、憎たらしくも得意げな笑みを浮かべるシェリーと――人の形ではない巨大な獣《あね》の姿であった。

「……ごめ、お姉ちゃ……」

今度こそ、一人の少女は目を閉じてそのまま地に伏せた。

起き上がる様子がないものの、息があるのは上下する胸で分かる。

このまま殺した方がいいのだろうか？　一瞬、シェリーの思考にそんな考えが浮かんだ。

「いや、それも何やら後味が悪いな。せっかく『影の英雄』に負けて折れたプライドが戻ったんだ、後味はスッキリした方がいいだろう」

そうと決まれば止血だ。シェリーはミナの体を仰向けにして脱いだ服を胸に当てた。

「今にして思うと、やはり『影の英雄』は強かったんだなぁ。こう二人も魔術師を倒した私が負けたんだ」

流石は『影の英雄』。殺傷能力に魔術を振ってはいないが、戦闘においてスペシャリストと言わざるを得ない。

何せ、シェリーも口にした通り二人の魔術師に勝った自分を相手にして勝ってみせたのだ。

止血をしながら、改めてフィルの強さを思い知るシェリー。

そして、そのまま視線を庭園の外へと向けた。具体的に言うと、この世では絶対に見ないであろう獣の方へと。

「もう私は戦わないぞ。あとは君達で頑張りたまえ」

フィルのところへ向かって参戦もしない。こう見えて、シェリーは何度も殴られかなり限界が近いのだから。

故に、見守ってやろう。

どんな結末で戦いが終わるのか、これもまた探究心が擽《くすぐ》られる――

一撃、だけではない。二つ三つどころの数でもない。

瞬きする間に十を超える殴打が飛び出し、巨大な獣の大きい体を何度も絶え間なく仰け反らせていく。

『gyaaaaaaaaaaaaaaaaaaaaaaaaaaaaaaaaaaaaaaaaaaaaaaaaaaaaaaa!!!』

痛みを感じているのだろうか？　それとも、目で追えない羽虫が払い除けられないことに苛立ちを覚えているのだろうか？

獣と化したユナの咆哮に似たような雄叫びが響き渡り、周囲の瓦礫を更に壊していく。

今、こうして攻撃を与えているのは間違いなくカルアだ。

動き回り速度を上げ続けるのではなく、初速で生まれる力でユナの体を攻撃していく。

今回しなければいけないことは自動で体を治している魔力を消耗させ、この戦いを終わらせること。そのため、過度な一撃よりも回数の方が重要になってくる。

だからこそ、カルアは獣に絶えず攻撃を叩き込むことに専念した。

しかし、生き物というのは何度も同じことを繰り返すと慣れてしまう生き物で――

『クソ、羽虫がァァァァァァァァァァァァァァァァァァァァァァァァァァァァァッッ！！！』

胴体へ蹴りを叩き込もうとした進行方向。そこへ、獣の後ろ足が振り抜かれる。

やはり獣の身体をしているからか、目の慣れが尋常ではない。全てを捉えきれているわけではないものの、しばらく経てば動きを先読みして攻撃してくる。

だが、カルアが足を止めることはない。

その代わりに、進行方向へもう一人の姿が現れ、その身を挺して後ろ足を受け止めた。

「ッ!?」

割って入ったようなキラは勢いを殺し切れず吹き飛ばされるが、その間にカルアは胴体へ当初の予定通り蹴りを叩き込んだ。

その様子を、キラは瓦礫に埋まりながら眺める。

（ちぇ～……ほんと、損な役回り）

キラは女神の恩恵を使って体を癒し、またしてもすぐに駆け出した。

次は頭上。獣が口を開いたタイミングでカルアの姿が現れ、キラはカルアを守るようにユナへ大槌を叩き込むが、聖女の女の子は獣の口によって右肩ごと持っていかれてしまった。

その代わり、カルアも同じように顔面へ蹴りを放つことに成功する。

（カルアちゃん～、少しはこっちのことも考えてほしいんだけど……まぁ、こっちの方が合理的だよねぇ～……）

はぁ、と。女神の恩恵によって右肩を再生しながらキラは大きくため息をついた。

カルアが動き始めてすぐ、キラは己の役割を完全に理解した。

最大速度ではなく初速で倒すカルアをサポート。動きを阻害させないよう、目が慣れ始める獣の攻撃から身を守る。それが、キラがすぐさま理解した己の役割だ。

今、短い時間で多くの攻撃を与えられるのはカルアしかいない。ならば、カルアにその役割に集中させ、己は己が最大限役に立つよう動き回るべき。

パワーがあり、いくら傷ついても女神の恩恵で治せるキラは間違いなく盾役《タンク》に適任だ。

とはいえ、目で追うことが難しいカルアのサポートなどできるのか？　という疑問は当然ながら抱いてしまうことだろう。

確かに、キラの瞳はカルアの姿を捉えきれていない。それどころか、あとを追うことすら難しい。

だが、獣の動きなら分かる。獣の動きを予測して攻撃を繰り出される瞬間に自分が動けば、必然的にカルアのサポートへ繋がる。

会話も交わさないこの瞬間でここまで理解し、順応してみせたキラは流石としか言いようがない。

ただ――

「勘違いしてもらったら困るけど、お姉ちゃんだって痛いのは痛いし、恩恵が無制限ってわけじゃないんだからねぇ～？」

聞こえてないだろうけど、と。再びキラは獣の足を受け止める。

力を怪物以上に底上げしているにもかかわらず、伸し掛かるこの重み。人ではなく獣相手だとどうにも魔術の勝手が難しい。

（だけど、もう少し……ッ！）

こうしている間にも、カルアが攻撃を続けてくれている。ただ、先程から獣の倒れる様子がないのが不安ではあるが、削り切るまで辛抱しなければならない。

すでに、カルアの魔力がなくなるか、己の魔力がなくなるか、ユナの魔力がなくなるか。

そして、一人が尋常ではない速さで動いているからこそ、他の二者も必然的に戦いの結末まで同じ速度で動かされる。

（……倒《や》る）

それでも関係ない。他の二者がどれほど戦いの時間を圧縮されようとも、構わずカルアは誰よりも最速で戦闘を進める。

（倒《や》る）

拳を叩き込み、場所を移動して急所へと蹴りを放つ。

（倒《や》るッッッ！！！）

一撃で相手の頭蓋骨を破壊しなくても、足を吹き飛ばさなくてもいい。

できる限り急所へ移動し、最小限で相手へダメージを与えればいいんだ。

『ふざ、けるなアアアアアアアアアアアアアアアアアアアアアアアアアアアアアッッッ！！！』

鋭利な爪がカルアの動きを先読みして振るわれる。

しかし、そこへ修道服を着た少女が割って入り、攻撃を食らいながらも敵を削るために大槌を振るっていく。

もう、キラも分かり始めているのだろう。

防ぐのではなく、己が傷ついてでも削る。少しでも多く相手の魔力を奪うために体を攻撃していく。


すでに、三人の魔力は限界に近い。


あとは単純な根競べ。誰かが終わるまで終わらないサバイバルゲーム。

だからこそのラストスパート。ユナは少しでも相手の動きを邪魔するために暴れ回り、キラは周囲とカルアに被害が出ないよう体を張って攻撃へと向かい、カルアはただひたすらにユナを削るために拳を握る。

（早く、フィルの下に……）

恐らく、相対的に自分がユナを倒してしまえば己の役割は無事に完遂されるだろう。

誰からも責められず、褒められ、労《いたわ》られ、胸を張れる。

でも、カルア・スカーレットは大勢の人間からの評価よりも、たった一人の想い人からの評価よりも、もっと大事なことがあるのだ。

（私はフィルに寄り添いたい！）

あの時、彼が自分にしてくれたように。

怖くて寂しくて、全身が震えあがる中でたった一人、温かい手を差し伸べて寄り添ってくれると言っていた彼に、今度は自分が寄り添いたい。

それだけなのだ。

たった小さな理想《それだけ》なのだ。

「いい加減にしなさいよ……」

邪魔をするな。

この理想だけは――

「誰にも邪魔させるものかッッッ！！！」

一撃。想いの籠《こも》った一撃が獣の胴体目掛けて叩き込まれる。

何か感触が違うと思ったのは、叩き込んでから少しの時間が経ったあとだった。

獣の姿は徐々に小さくなり、黒い粒子が辺りへと舞い、鋭利な爪も大きな牙も形を失い始める。

ようやく、と。恐らく庭園にいたシェリーもキラもカルアも思ったことだろう。

黒い粒子が天に昇っていくのを茫然と見送っていると、中心から一人の少女が姿を見せた。

「ごめ……ミ、ナ……」

その少女は力なく地面へと横たわり、指先一つ動かすことはなかった。

「ふ、ふぃ～……終わったぁ～」

少し離れたところで、キラが腰が抜けたように地面にへたり込んだ。

魔力が枯渇し、己の体が限界を迎えたのだろう。

考えてみれば当たり前。いくら系統が違うと言っても、何度も攻撃を食らっては恩恵を使い、同時に獣を相手に魔術を行使していたのだから。

別の場所に視線を向けると、シェリーがもう一人の少女に布を当てて止血をしていた。布を持っている手がかなり震えているというのが傍から見ていてもよく分かった。彼女もすでに限界だというのは見て理解できる。やはり二人も魔術師を倒した結果なのだろう。

（って、それは私も同じね……）

気を抜けば足が子鹿のように震えてしまうぐらい、疲労が溜まっていた。勘違いしそうになるが、あくまでカルアの魔術は速度の向上——そこに、身体と視力の強化が含まれている。

つまり、実質的に一つの魔術を扱う際にかかる負担は重ねた分だけ大きい。シェリーやフィルといった一つの魔術に種類があるのではなく、たった一つの魔術を使うために三つの小さな魔術を行使していると考えた方が分かりやすいだろうか。

もう、魔力はすっからかんだ。

あと一回速度を上げてしまえば、きっとその場に頽れてしまうことだろう。

それでも——

「……行かなきゃ」

カルアは一歩、一歩と礼拝堂へと向かっていく。キラやシェリーはその場から動く様子もない。けれど、それでいいのだ。

すでにカルア達の役割は終えて、あとは英雄《ヒーロー》が自分の役割を果たしてくれればそれでいいのだから。

そもそも、自分が向かったところで今の状態は果たして戦えるものなのか？　向かって、足手纏いにならないのだろうか？

「……早く、終わらせなきゃ」

カルアは誰に止められることもなく歩き続ける。

頭ではこのままここにいた方がいいのだということは分かっているのだが、足が勝手に想い人のいる場所へと向かっていく。

戦いは終わった。

いつもそうだったじゃないか。南北戦争でミリスを助けに行った時も、シェリーの部下と戦った時も、信じて英雄《フィル》が誰かを助けてくれるのを待っていたじゃないか。

自分は自分の役割を果たして、この世で最も信用できる人間を信じてきたじゃないか。

それなのに、何故？

「私は、早く証明を……もらわない、と……」

焦燥、これに尽きるのかもしれない。

カルア・スカーレットは現在、この場で最も理想を渇望している。

ザッ、ザザッ。

◆◆◆

アビの魔術は一人では成立しない。

答えを他人に求めるからこそパートナーの存在は必須となり、対象がいて初めて魔術が成立する。

基本一人で世に事象を起こしてしまえる魔術師。それなのに相手がいないと成立しない魔術など不便ではないか？　そう思われるかもしれないが、決してそんなことはない。

元より、アビが魔術を使う時は誰かを助ける際だ。

それ以外で使うことなどなく、本人としては助ける時にさえ使えれば問題ないと思っている。

加えて、そういう制約があるからこそアビの魔術は強力なものとなっているため、少しも不満はなかった。

アビの魔術は『対象が望むような人物になる』こと。

そして、この場で対象となるシャナがアビに求めたのは――誰にも負けない最強の英雄《ヒーロー》、だ。

故に、負けない。

いくら相手が『影の英雄』と呼ばれ、アビと同じく多くの人間を助けてきた親友だったとしても。

（そうだ、アビは負けない）

球体の中で一人、影が広がっていくのを見ながらシャナは思う。

（アビが負けることなんてない）

長いことアビと一緒にいるからこそ、何度もアビの魔術の対象として戦場に立ったことがあった。

そのため、どうすればアビは強くなれるのか。どうすればアビは負けないのかが経験則として分かっている。

この天をも覆い、今にもあまねくものを呑み込まんとする空間ができたとしても、負けないような人間にする方法を知っている。

シャナ・サイルナという聖女の中には確信があった。不安はない。

ただ、己の身勝手な我儘によって生まれた戦闘をひたすらに見守ること、あとはアビが傷ついた瞬間に癒すことのみ。

シャナにもシャナなりの役割というものがある。

信じて待つことよりも、もっと重要な――

「いやぁ、フィルくんも本気出しちゃったねぇ」

そんな時、ふと球体の横に一人の祭服を着た少女が現れる。

シャナはゆっくりと視線を向け、大きなため息を一つついた。

「……私を狙うつもり？」

「できればそうしたいんだけどねぇ。そうもできない理由があるっていうか……殺すだけだったらお茶の子さいさいなんだけど」

やはり魔術師。今まで侮っていたのだと、ようやく今にして思い知らされる。

女神の恩恵はちょっとやそっとでは壊せず、恩恵を維持し続けられる限りは傷つけられることもないはず。アリシアが恩恵のことを知らないわけがない。

しかし、それでも殺せると。

嘘を言っているような瞳には見えず、シャナは内心で戦慄を隠し切れなかった。

「だったら殺せばいいじゃん。私が死ねば、この戦いは終わるよ」

「あのねぇ……言っておくけど、私は誰かを殺すためにこの魔術を編み出したわけじゃないから。っていうか心外だね、これでも『保守派』にいた人間だったのに、そういう風に思われていたなんて」

知っている。アリシア・アメジスタが人を傷つけることにかなりの抵抗がある優しい女の子だということを。

争いを好まない『保守派』のトップにいた魔術師。皆が慕い、ついて行ったのは彼女が『保守派』の思想を体現できると思ったからだ。

シャナ・サイルナが聖女の一人としてアリシアについて行ったのもそういう理由。

憧れ、慕い、この人になら自分の全てを任せられると思っていたから。

それと――

「……友達を殺せるわけなんかないじゃん」

友人だと、思っていたからだ。

「…………」

「ねぇ、この戦いが終わったら一緒に謝りに行こうか」

ふと、アリシアがそんなことを口にする。

「なんで？」

「なんでって、迷惑をかけたら謝らないといけないのは常識でしょ？　ははーん……さては、意外とシャイガールさんだな？　『友愛』の聖女様ともあろうものが今更人見知りのカードをテーブルに出すなんて卑怯だぞぅ～？」

「そうじゃなくて」

ギロリ、と。シャナはアリシアを睨む。

「もし万が一、アビが負けたとして、どうして私はアリシアと謝りに行かなきゃいけないの？　普通、こんなことをしたら牢屋にぶち込まれるはずでしょ？」

「本当はそうなんだろうけどね」

　シャナから睨まれて初めて、おちゃらけた表情を浮かべるアリシアの瞳が真っ直ぐに向けられた。酷く真剣で、切実で、どこか悲し気な表情は自然とシャナに息を呑ませる。

「人は誰でも失敗する。それが誰かを助けようとした結果に起こったものなら、私は強く言えない。身内びいきってこともあるけどね、それだけは残念なことに私の性分なんだ」

　いつぞや、聖女であるミリスを殺そうとした聖女をほぼ不問にしたことがあった。

　そのことは大聖堂の中でも話題となり、シャナも驚いたのを覚えている。

　アリシアはただ優しいだけの女の子ではない。

　優しくもあり、相手の過《あやま》ちに対して寛容、更生させる機会を平等に与えてくれる人間だ。

　人は誰でも失敗する。そこを許してあげられる人間というのは、思った以上に少ないもの。

　新しく教皇となった人間に相応しい人間――今でも、多くの信徒はアリシアのことを評価していた。

「ッ」

　シャナの心が揺さぶられる。

　説教をされているわけでもなく、単に己の心配をして己のことを考えてくれていたからこそ。

　堪えていた罪悪感が胸の内にまたしても吹き出し、シャナは思わず唇を噛み締めた。

「……そんな甘言で、私は諦めないから」

「うん、それでいいよ。私にだって譲れないものがあるから」

だから、と。アリシアは視線を影の中心へと戻した。

「ここからは、それぞれの信じた英雄が勝者を決めるよ。私達の関係も、彼らがケリをつけてくれるだろうしね――」

影は広がり終えた。

今にも沈んでしまいそうな影の沼は不思議な小さな波を浮かばせ、底が見えない色はなんとも不気味としか言いようがない。

中心にはアビが立っている。

己の魔術が文字通り不敗を形作っていると言っても、慢心なんてことはせずに全神経を警戒に充《あ》てた。

（昔から、フィルには喧嘩で勝ったことがなかったなぁ）

今でこそ自分が圧倒している。

魔術師二人がかりでも負けるビジョンは抱けなかったし、実際に追い込んでいたのは自分の方だった。

しかし、この場面。異様な空間が形成されたこの現状は自然と警戒心を底上げさせられる。

間違いなく、これはフィルの全力で正真正銘の本気だ。

肌で感じる空気の重さがそう認識しているし、本人も実際に口にしていた。

だからこそ油断はしない。

その上で、自分はたった一人の女の子と彼女の友人を救うために拳を握る。

「さて、今日で初白星かな！」

そう口にした瞬間、空間の至るところから影が隆起した。

生まれてくるのは大小様々なもの。あるところには甲冑を纏った騎士の集団が現れたり、中型の獣の群れが現れたり、巨大な建造物が聳《そび》え立ったり。

あまりにも関係性が見出せない、異色の組み合わせ。

まるで自由に思い立ったものを好きなようにキャンバスへ描いたかのよう。

全てが脅威だと認識するのに、さして時間はかからなかった。

アビの警戒心が、一瞬で最大限にまで引き上げられる。

（……こんな中で教皇様から遺物は奪えないよね）

言っておくが、アビの魔術はイメージを体現するものではあるものの、絶対に死なないというわけではない。

気絶もするし、限界だってある。

人は誰だって『死』というものを認識しており、必ず奥底に恐怖心として忘れ去りたい文字が眠っている。

それが人の命と密接に関わってきた聖女ならなおさらだろう。

今のアビは誰にも負けない英雄《ヒーロー》を体現しているが、もしも奥底に眠っている『死』を思い起こしてしまえば、イメージは異物が混ざってしまったことにより不和が生じる。

誰にも負けないという定義に『死』という矛盾が生まれてしまうからこそ、イメージは瓦解。アビの魔術は成立しないものとして、ただの人間へと成り下がってしまうのだ。

これが『死』でなくてもいい。敵わない、と。そう思ってしまった時点でアビの魔術は終了する。

故に、アビがしなければならないのは生き残ることではなく、『己は絶対に負けないのだ』というイメージを相手に与え続けることだ。

「お前の魔術には欠点がある」

ふと、どこからともなくそんな声が聞こえてくる。

「イメージの体現。なら、そのイメージを崩してしまえばお前は最強じゃなくなる……そうだろ、アビ？」

フィルも気づいている。だからこそ、物量という目にハッキリと映ってしまう魔術を披露しているのだ。

アビの現在の優先事項はこの軍勢を前にして負けない姿を背中で見せること、かつての親友をこの魔術を乗り越えて倒すこと。

「さぁ、かかってこい……英雄！」

まるでその言葉が合図だったかのように、影の軍勢が一斉にアビへと襲いかかった。

獣が牙を剝いて噛み付いてこようとしたところに蹴りを放ち、騎士達が振るってくる剣を叩き落とす。

ただ、数が数だ。肉弾戦で戦っている以上、多くの影を全て対処しきるのは不可能。拳や蹴りを叩き込んで潰そうとも、別の影の攻撃はまともに直撃する。

しかし、誰にも負けない英雄《ヒーロー》として形作られているアビの体には傷一つつかない。

ならば、このまま無抵抗に攻撃を受け続け、その間にフィルの本体を捜した方がいいのでは？と思うだろうが、そうもいかない。

あまり無抵抗で攻撃を受け続けると、対象の不安が募ってイメージに『負ける』という要素が紛れてしまう恐れがある。

だからこそ、アビはイメージを維持するためにも影の軍勢相手に戦わなければならなかった。

「クソ……思った以上に邪魔いね！」

拳を強く握り締め、そのまま集団の塊に向かって振り抜く。

それだけで空間に穴が空き、周囲の影諸共原形を壊してみせるのだが、それでも再び影が新しい物体を生み出してアビへと向かってくる。

まるで地面に落ちたお菓子に群がる蟻のようだ。

「アビっ！」

どこからか、少女の声が耳に届く。

マズイ、と。アビは拳を地面に叩きつけることによって群がってきた蟻を吹き飛ばした。

（頭では分かっているはずなんだろうけど、どうしても優しいから……！）

アビの魔術の欠点を、相棒として設定したシャナが知らないわけがない。

デメリットの話もアビの方から直接しているし、己の役割というのも賢いシャナは理解している。

しかし、心が優しければ優しいほど心配してしまうのは致し方ないことだ。

本来であれば、シャナは恐らくこのような対象には向いていない。いくら身を守れる手段がある人間だとはいえ、非情に接することができるメンタルがまだ完璧ではなかった。

だけれど、アビはシャナのことを信じている。

己の魔術がなくなった瞬間こそが、自分達の敗北。

故に、自分が最強だと証明し続け――

「甘いぞ、アビ」

「がッ!?」

吹き飛ばしたはずの足元から、フィルの蹴りが顎へ突き刺さる。

「お前が泣き虫だってことを好きな人に教えてやるよ」

「やれるもんなら、ね……ッ!」

フィルの足首をすぐさま摑み、地面へと叩きつける。

とはいえフィルの体も足元も全て影だ。

沈み込むだけで、攻撃を加えられたという感触も音も感じられない。

このままでは、ただ自分がやられ続けて対象《シャナ》の心配を煽るだけ――なんてことはない。

(これだけの規模で魔術を展開しているんだ)

アビは軍勢から距離を取るように跳躍するものの、天井から降ってきた時計塔に押し潰される。

(今までのダメージのこともあるし、フィルの《魔力》体にも限界が訪れる!)

だからこそ、これはそういう戦い。

自分の魔力はまだまだ残っているため、自分が先に潰れるということはないだろう。

故に、これはフィルが限界を迎えるかシャナが己のイメージを崩してしまうか。どちらが早いかの戦いだ。

もう、クライマックス。

あと数分もすればきっと、この争いに終止符が打たれる。

「負けてたまるかよ」

アビの足元からいくつもの手が伸び、その間に獣の群れがアビへと襲い掛かる。

そして更に、影に覆われたフィルの体すらも群れの中からアビ目掛けて現れた。

「譲ってたまるかよ、あいつらの笑顔をッッッ!!!」

拳を振り抜き、周囲を薙ぎ払ってもなお、フィルの体がやって来る。

こうして高みの見物などせず、自分も向かって来る様はなんとも――――フィルらしい。

自分で起こした行動の責任は自分が負い、自分で起こした行動の決着を己でつけようとする。

――――変わらない。

昔だって、誰かを助けようとする時は必ず自分で拳を握っていた。

伯爵家の嫡男であり、貴族の子供だというのに。

己が傷つくことも厭わない。己で、己の意思に従い、自由に動いてきた。

けど――

「それは僕だって同じだッ！」

大勢ではなく個を。

たった一人の女の子を守り続けるために拳を握り、彼女が心底笑っていられるように体を張る。

この道が間違っていようとも、方法が間違っていようとも止まる気はない。

フィルに譲れないものがあるのと同じで、自分にだって決して譲れないものがあるのだ。

目の前に現れた親友の体を吹き飛ばすように蹴りを放ち、側部にいる騎士の頭を地面へ叩きつける。

背後から何やら斬られたような感触が襲いかかった。とはいえ、感触があっただけで最強と言わしめる存在を体現したアビの体には傷一つつかない。

つかなくても、この感触は上下左右至るところからやって来る。

痛みなど死ぬほど問題ない。問題があるのは、聖女であるシャナの方だ。

ふと、殴られている間にシャナの方へ視線が向いてしまった。

相変わらず可愛い女の子だ。アメジストの長髪は目を奪われるほど綺麗で、端麗で小さな顔立ちはなんとも愛くるしい。そんな少女は球体の中で、必死に祈るように両手を合わせている。

ただ、その透き通った瞳は真っ直ぐにアビへと向けられていた。

（目、瞑っててもいいのに……）

目を瞑ってくれた方が、視界に映った光景に影響されることなくイメージを維持しやすくなるだろう。

けれど、そうしないのは——きっと、この光景を引き出した自分に対しての責任感。

アビはそのことが分かっており、思わずこんな戦いの中でも苦笑いを浮かべてしまう。

（負けるわけにはいかないね）

信じているのだ、自分が無様な姿を見せないと。

それは重すぎるほどのプレッシャーであると同時に、胸が温かくなるような嬉しさもあった。

守りたい人間が信じてくれている。これほど嬉しいことはない。

（たった一人の英雄になるんだ）

大勢ではなく個を。

こんな自分に分け隔てなく優しく、友達のように接してくれた彼女のために。

支えてあげたい、守ってあげたい、彼女の願いを叶えてあげたい。

その想いが、アビの拳に更なる力を与えてくれる。

だが——

ザシュッ、と。アビの腕が吹き飛んだ。

「ッ!?」

アビだけでなく、シャナも同時に驚愕する。

アリシアが何かしたのか？　一瞬そう思ってシャナが横を向くが、祭服を着た少女は真っ直ぐに二人の戦いを見守っていただけであった。

そもそも、何も言葉を発していないアリシアが何かしたとは思えない。

しかし、今までアビに何かができたのはアリシアだけ。

一体何故？　そんな疑問がシャナの中を埋め尽くしたが、まともに食らったアビだけはすぐに現状を理解した。

「やってくれたね……」

片腕を押さえながら、アビは零す。

シャナが腕を治すまでの間、アビの体へ巨大な馬車が衝突した。

「アビの体は無傷を前提に作られているわけじゃない」

地面から、更に一つの影が浮かび上がる。

「そうでなければ、アリシアの魔術によって自分で自分の体を傷つけられないからだ」

無傷であれば、文字通りいくらアリシアが真実を歪めようとしても腕を切り落とすことはできなかったはず。

フィルの攻撃は通じず、己の攻撃は届く。

となると、どういう結論に辿り着くのだろうか？　それは――

「ただただ頑丈。なら、いくらでもやりようはある」

現れた影はすぐさま地面へと再び沈んでいく。

そしてその直後、再びアビの右足が綺麗に切断された。

「ッ!?」

痛みによってアビの顔へ苦悶が浮かび上がる。

体勢は崩され、天からもう一度時計台が降り注いできた。

外傷はないが、時計台が消えてもアビの切断された部分からはしっかりと血が流れる。

「か、彼の者に癒しを！」

シャナが慌てて恩恵をアビへ当て、腕と足を再生させていく。

だが、それでもすぐに切られた箇所はもう一度切り落とされる。

「縛りの世界って言うのは、言わば別の空間だ。穴を空けているわけではなく、別の空間を無理やり世に現しているだけ」

アビの拳によって、獣の群れが薙ぎ払われる。

「だから、入り口を開いてやらなきゃ世とは別の場所には移動ができないんだが……ここで一つ、面白い発想がある」

直後、フィルの蹴りがアビの顔へと突き刺さった。

「対象が入り口を渡る瞬間に空間を閉じた場合、挟まっていた対象の体はどうなるのだろうか？」

フィルの縛りの世界は、あくまで別の場所に無理やり別の空間を当て込んでいるだけ。

本来であればまったく存在しないものであり、魔術で構成された別の事象として扱われる。

もしも、対象が世から事象へと渡ろうとしている時に入り口を閉めてしまったらどうなるのだろうか？

無論、世に残っている体は世のものとして。事象に入っている体は事象のものとして扱われる。

しかし、両者はまったく別物。

故に、起こり得ることは——

「世に残ったものと事象に残ったものは強制的に分断させられる！　なら、俺がお前の体の一部を事象に引き摺り込めば、お前の体ぐらい傷つけられるんだよ！」

そう、フィルがしていることは周囲の影に紛れてアビの体を縛りの世界へ入らせ、入り口を閉じるという行為。

切り離された部位はすぐにフィルが世界を開けるため世に現れ、あたかも切断されたように視界へと映る。

「だから、考えろ『友愛』の聖女——」

黒に覆われたフィルの視線がシャナに注がれる。

「これをアビの首に当てたら、どうなると思う？」

「ッ!?」

シャナの息を呑む音が聞こえてくる。

だが、それよりも先にアビの体がフィルの下へと向かい、そのまま腹部に蹴りがめり込んだ。

「がッ!?」

「っていうことは、僕を傷つける時は世界を自ら閉じてるんだよね？」

フィルの体は何度もバウンドし、影の上を転がった。

先程までは触れただけで沈んでいたというのに。

「だったら、フィルは僕を傷つける間はそっちの世界へ逃げられない。今まで通っていなさそうだった攻撃も、その時だったら通りそうだ」

「げほっ、けはっ……！」

「……どうやら、今のフィルを見る限り正解みたいだね」

咳き込み、何度も口からようやく見せた赤い血を零すフィル。

フィルの『誰よりも自由な影画展《えいがてん》』は、あくまで縛りの世界の入り口である影を偶像として変形させ、世に現しているだけ。

故に、入り口を閉じてしまえば単なる虚像としてでしか成立せず、新しい偶像として何も生み出せない。

今見えているものも、全て縛りの世界を閉じてしまえばなんの質量も持たないただの影だ。

偶像と己を紛れ込ませていたフィルの体も同じように虚像となり、フィル本体が姿を見せることになる。

だからこそ、このタイミング。

このタイミングだからこそ、フィルの体を叩くことができた。

「……やれるものならやってみなよ、フィル」

一歩、アビが近づく。

「シャナが僕の『死』を感じ取るのが先か、フィルが倒れるのが先か」

ここで最後にしよう、と。アビがギアを上げてフィルへと駆け出した。

「チッ！」

フィルはここでアビの体を切断しないという選択肢はない。

アリシアは非戦闘向きで心優しい人間だとシャナが知っていたからこそ、アビに『死』をイメージすることがなかった。

しかし、自分が傷つけたとなればシャナのイメージに綻びを生むのは時間の問題。

最も効率的で、最もギャンブルな選択。

（どの道、俺の魔力も体も限界に近い……）

だったら、やるべきことは決まっている。

フィルも同時に駆け出し、拳を振り上げるアビへと相対した。

足へと触れ、入り口を閉じて切断。振り上げられた拳が自分へと突き刺さり、大きく仰け反る。

「彼の者に癒し、を……」

シャナの声が震え始めている。

大事な人が大量に血を吐き出しているからだろう。

本来であれば、腕だろうが足だろうが切断されてしまえばかなりの痛みを感じ、出血多量で死ぬか気を失ってしまうはず。

耐えられているのは、アビが戦場で戦い、痛みを我慢するのに慣れているからだ。

何度も切断される痛みを想像していれば、シャナが何も思わないわけがない。

それでもアビの魔術が失われないのは、シャナの中での信頼が辛うじて残っている故。


切断、腹に一撃。切断、顔に一撃。切断、首に一撃。切断、肩口に一撃。切断――


そんなやり取りが、数秒か数分か続いた。

辺りはアビの血とフィルの血が混ざり、黒の空間に痛々しいデコレーションがされる。

アリシアはその光景を固唾を呑んで見守っていた。

シャナは恩恵でアビの体を治しながら涙を流していた。

そして、いよいよ。


――アビの足を切断した瞬間、世界が明るく色づいた。


膝から頽れるフィル。

切断された瞬間に拳を振り下ろそうとしていたアビ。

両者それぞれが、光差す礼拝堂で明確な勝敗の決着がついたことに驚いてしまった。

中でも、一番驚いていたのはアビだろう。

(マズ……ッ!?)

フィルは膝から頽れそうになっており、反撃の余裕がないことは見れば分かった。

問題は自分が抵抗するために拳を振り下ろそうとしていることだ。

まさか幕引きがこのタイミングで訪れるとは思わなくて。まさか、なんの兆候もなく終わるとは思わなくて。

全力で振り下ろそうとした腕は、気づいた頃には間に合わなくて。

(このままじゃ、フィルを殺……ッ!)

だが、自分の意思が体に伝わるのまでは少しのラグがある。

止めようと思っていても、全力で振り抜こうとしたからこそ止まらない。

そのため、無抵抗で魔術を失ってしまったフィルへ容赦のない拳が振り下ろされた。

だが、その時。

「ほん、と……あなた、は私が……いない、と、ダメなんだ……から……」

フィルの視界に、何故か赤髪を携えた少女が現れた。

その少女はメイド服を着ていて、どこか優しげで安堵しているような表情が浮かんでいて――胸がごっそりと抉られていた。

「カル、ア……ッ!?」

そして、そのあとすぐ少女は口から大量の血を零したのであった。

◆◆◆

ザッ、ザザザ………………あ。

◆◆◆

「シャナっ！」

アビがすぐさま離れた場所にいるシャナの名前を呼ぶ。

シャナは声がかかる前からすでに立ち上がっており、球体を解除してそのままカルアの下へ駆け寄り始めた。

恐らく、カルアの穴の開いた胸部を治そうと走り出したのだろう。

アビを治す時は離れた場所にいても問題はなかった。近づいてくるということは、初めての相手には直接触らないといけない条件でもあるのかもしれない。

アビとシャナには、敵を殺すつもりなんてない。

だからこそ、己の拳を止め遅れたことによって抉ってしまったカルアの治療を急いだ。本当に予想外のことだったのか、二人の顔には焦燥感がありありと伝わってくる。

しかし、そんな二人のことなどフィルは目に入らなかった。

「カルアっ！」

ボロボロの体に鞭打《むちう》って、目の前にいるカルアの体を受け止める。

まだ温かい。けれども、それが胸から流れている血のものだということに気がついた。

支えている体は徐々に冷たくなっており、端麗な顔立ちは青白い。目も焦点が合っていないように見えるし、口から垂れる血が危機感を煽った。

アリシアもフィルも、アビを傷つける際は致命傷にならない箇所を狙っていた。

だが、今のカルアは間違いなく致命傷だ。

抉られている胸を見ると、まだ息があるのが不思議だと思ってしまう。

「カルア！　カルアッ！」

名前を呼びながら、カルアの顔を覗き込む。

「気をしっかり持って！　生きてさえいれば、シャナが治してくれるから！」

早く、と。アビは走ってくるシャナに向かって叫ぶ。

その横にはアリシアの姿もあり、戦っていた面子が一斉に集まってくる。

「どうして来たんだよ、ちくしょう……！　あれぐらい、耐えられたってのに……ッ！」

怒っているのではない。フィルの言葉は、ただ自分の気を紛らわせるための言葉だ。

恐らく、この場で最もカルアの死を感じ取っているのはフィルだろう。

冷たくなっていく体が、フィルの心を激しく揺さぶる。

「あ、ら……もしかし、て……邪魔、しちゃった……？」

「そんなこと、ねぇよ……ッ！」

唐突にフィルに限界が訪れてしまったからこそ、アビは全力の拳を止められなかった。

もしも、あのまま振り抜かれてしまったらフィルの命だってどうなっていたか分からない。

間違いなく、助けられた。ただ、助けてほしかったかどうかは――

「シャナ・サイルナ、早く！　このままだと死んじゃうよ！」

「分かってる！」

駆けつけたシャナが急いで手をかざし、女神の恩恵をカルアへと向ける。

淡い光がカルアの胸を中心に包み込む中、シャナの表情は険しいものであった。

いくら女神の恩恵が万能で、切り落とされた部位を戻せると言っても限度がある。

死に近いものの体を再生しても意識や精神といった部分は元に戻らない場合があるのだ。

死んだ人間の体を再生しても事切れているのと同じ。

今やっていることは、死にゆく人間の魂を繋ぎ止める作業と言っても過言ではなかった。

だからこそ、シャナは焦り必死に恩恵をカルアに当てていく。

そんな様子を、アビやアリシアは固唾を呑んで見守っていた。

「気をしっかり持て、カルア！　聖女が絶対に治してくれるか――」

その時、抱いていたカルアの手がゆっくりとフィルの頬に添えられた。

「ね、ぇ……フィル」

「馬鹿、喋んじゃねぇ！　お前は黙って生きることだけ考えろ！」

「……い、や」

そう訴えるカルアの瞳はやはり弱々しいものの、どこか譲れないものを感じた。

シャナのおかげでゆっくりではあるが、抉られた胸部が復元されていくものの、カルアの姿はどこか弱々しい。

「だっ、て……もしかした、ら……言えなく、なっちゃうかも……でしょ……？」

そういえば、この戦いが終わったら伝えたいことがあると言っていた。

けど、今じゃない。今じゃなくても聞いてやる。カルアが無事に生きていられるなら、いくらでも聞いてやるから。

フィルは「頼む」と、カルアの添えられた手を握り締めて口にした。

それでも、カルアは――

「私は、あなたが……好き」

口にした。

今まで言えなかった言葉を、こんな場面で。

「優しい……ところ、が好き。なん、だかんだ……言って、見捨てら、れない……お人好しなところが、好き」

カルアの言葉《おもい》は続く。

「ダメな、ところも……好き。親しみが、あるし……いやな、ところもある、けど……一緒に、いると……楽しいの……」

女好きで、遊び人で。いくらダメだと注意してもすぐに余所見《よそみ》をしてしまう。

それでも優しいから。誰彼構わず助けようとする正義感は眩しかった。一緒にいると安心するし、毎日が休日のように楽しかった。

姿を見つける度に喜んでしまうことを彼は知らないだろう。話しかける度に身なりを整えて顔を出すことを知らないだろう。色んな女の子に好かれてしまう度に嫉妬してしまい自分が嫌になることを知らないだろう。

「全、部……全部、大好き……嬉しかった、あの時……私に寄り添ってくれて……」

自分が誘拐された時、どれだけ隣に温かさを求めたことか。

両親でもなく、パーティーで話しかけてくれた人でもなく、フィル・サレマバートだった。

温かく、つい笑顔になってしまうような言葉を投げてくれたのは他の誰でもない『影の英雄』なのだ。

「カルア……」

身近にいた少女からの吐露に、フィルの瞳から涙が浮かび上がってくる。

そんな涙をカルアは震える指で拭って、思い出したかのように口にした。

「あぁ……やっぱり、これは言わないと……」

言葉を探すように、何度か震える口を動かした。

何時間にも感じる数秒の間。カルアは、ゆっくりとこう言葉を並べたのであった。

「愛して、います……私を、一生……傍に、寄り添わせてください……」

アビも、シャナも、アリシアも。

全員が、カルアの言葉《プロポーズ》に目を見開いてしまった。

こんな場面で、こんな状況で。告白するなんておかしい――というわけではない。

死に際にもかかわらず、己の理想を優先してみせた女の子の言葉に、理想《エゴ》の強さに、感嘆してしまったからだ。

きっと、あとにも先にも、ここまで己の想いを貫き通す告白は聞くことはないだろう。

間違いなく、これはカルア・スカーレットという魔術師が己の人生を賭けて行った勝負だ。

決して邪魔などできない、彼女とフィルだけのお話。

「…………」

フィルは全員の視線を受ける中、真っ直ぐに少女の瞳を見つめ返した。

「俺はさ、自分で言うのもなんだが……どうしようもない人間だよ」

徐に、寄り添うことを理想とした少女に好かれた青年が、懐の中をまさぐる。

「この先もきっと自分の理想しか追いかけない。自由に、自堕落に、思うままに生きていくと思う。こんな俺と一緒にいたって振り回されて疲れるだけだと普通に予想ができるよ」

まさぐった懐から出てきたのは、彩り綺麗な指輪だった。

昨日カルアと一緒に出掛けた時に見つけた、ガラスでできた雑貨。指輪。

「本当にどうしようもない。周囲からは『影の英雄』なんて言われてるが、大層なもんじゃない。アビみたいに命を投げ出してまで知らぬ人間を助けようなんて思わないし、アリシアやミリスみたいに心が清いまま一生を送れるわけじゃない。欠点なんて、探せばいくらでも出てくるさ」

周囲からはクズ息子と呼ばれ、社交界でも世間からも馬鹿にされ疎まれてきた。

最近となっては『影の英雄』と明かされ評判はガラリと変わったが、別に嘘がバレたわけではない。

『影の英雄』としての自分も、クズだった自分も本当の自分。

そして、そのどちらも己の理想《じゆう》をただただ追い求め、好きなように生きてきただけなのだ。

こんないい子に好かれるほどの男じゃない。

きっと、新手の詐欺に騙されているだけなのだろう。

けれど。

それでも、もし。もしも、このまま自分の我儘を貫き通してもいいというのであれば――


「カルア……俺と、結婚してくれ」


この人と結ばれたい。

そんな想いを込めて、フィルはカルアの左手の薬指へ指輪を嵌めた。

「いい、の……？」

「あぁ」

「わた、し……で、いいの……？」

自分の想いなど、薄々気づいていた。

あれだけ目を惹かれて、意識させられて、安心していて、頼もしくて、心地よくて、長い時間の間にそれを証明されて。

　ここまで揃っていれば、気づいてしまえば、それはもう紛うことなき本心だ。

　もし望んでいいのなら、自分はこの少女と一緒にこれからを過ごしたい。

　今までと同じように、これからも、ずっと。

　この子に寄り添ってもらいたいんだ。

「あ、あぁ……」

　カルアの瞳に涙が浮かぶ。

　震える口から、

「嬉し、い……」

　全てが、漏れた。


「もう、充分……だわ……っ！」

　そして――――

　ザッ、ザザ
ザザ
ザザ

ザ ザ ザ ザ ザ ザ ザ ザ ザ ザ ザ ザ ザ ザ ザ ザ ザ ザ
ザ ザ ザ ザ ザ ザ ザ ザ ザ ザ ザ ザ ザ ザ ザ ザ ザ ザ
ザ ザ ザ ザ ザ ザ ザ ザ ザ ザ ザ ザ ザ ザ ザ ザ ザ ザ
ザ ザ ザ ザ ザ ザ ザ ザ ザ ザ ザ ザ ザ ザ ザ ザ ザ ザ
ザ ザ ザ ザ ザ ザ ザ ザ ザ ザ ザ ザ ザ ザ ザ ザ ザ ザ
ザ ザ ザ ザ ザ ザ ザ ザ ザ ザ ザ ザ ザ ザ ザ ザ ザ ザ
ザ ザ ザ ザ ザ ザ ザ ザ ザ ザ ザ ザ ザ ザ ザ ザ ザ ザ
ザ ザ ザ ザ ザ ザ ザ ザ ザ ザ ザ ザ ザ ザ ザ ザ ザ ザ
ザ ザ ザ ザ ザ ザ ザ ザ ザ ザ ザ ザ ザ ザ ザ ザ ザ ザ
ザ ザ ザ ザ ザ ザ ザ ザ ザ ザ ザ ザ ザ ザ ザ ザ ザ ザ
ザ ザ ザ ザ ザ ザ ザ ザ ザ ザ ザ ザ ザ ザ ザ ザ ザ ザ
ザ ザ ザ ザ ザ ザ ザ ザ ザ ザ ザ ザ ザ ザ ザ ザ ザ ザ
ザ ザ ザ ザ ザ ザ ザ ザ ザ ザ ザ ザ ザ ザ ザ ザ ザ ザ
ザ ザ ザ ザ ザ ザ ザ ザ ザ ザ ザ ザ ザ ザ ザ ザ ザ ザ
ザ ザ ザ ザ ザ ザ ザ ザ ザ ザ ザ ザ ザ ザ ザ ザ ザ ザ
ザ ザ ザ ザ ザ ザ ザ ザ ザ ザ ザ ザ ザ ザ ザ ザ ザ ザ
ザ ザ ザ ザ ザ ザ ザ ザ ザ ザ ザ ザ ザ ザ ザ ザ ザ ザ
ザ ザ ザ ザ ザ ザ ザ ザ ザ ザ ザ ザ ザ ザ ザ ザ ザ ザ
ザ ザ ザ ザ ザ ザ ザ ザ ザ ザ ザ ザ ザ ザ ザ ザ ザ ザ
ザ ザ ザ ザ ザ ザ ザ ザ ザ ザ ザ ザ ザ ザ ザ ザ ザ ザ
ザ ザ ザ ザ ザ ザ ザ ザ ザ ザ ザ ザ ザ ザ ザ ザ ザ ザ
ザ ザ ザ ザ ザ ザ ザ ザ ザ ザ ザ ザ ザ ザ ザ ザ ザ ザ
ザ ザ ザ ザ ザ ザ ザ ザ ザ ザ ザ ザ ザ ザ ザ ザ ザ ザ
ザ ザ ザ ザ ザ ザ ザ ザ ザ ザ ザ ザ ザ ザ ザ ザ ザ ザ
ザ ザ ザ ザ ザ ザ ザ ザ ザ ザ ザ ザ ザ ザ ザ ザ ザ ザ
ザ ザ ザ ザ ザ ザ ザ ザ ザ ザ ザ ザ ザ ザ ザ ザ ザ ザ
ザ ザ ザ ザ ザ ザ ザ ザ ザ ザ ザ ザ ザ ザ ザ ザ ザ ザ
ザ ザ ザ ザ ザ ザ ザ ザ ザ ザ ザ ザ ザ ザ ザ ザ ザ ザ
ザ ザ ザ ザ ザ ザ ザ ザ ザ ザ ザ ザ ザ ザ ザ ザ ザ ザ
ザ ザ ザ ザ ザ ザ ザ ザ ザ ザ ザ ザ ザ ザ ザ ザ ザ ザ
ザ ザ ザ ザ ザ ザ ザ ザ ザ ザ ザ ザ ザ ザ ザ ザ ザ ザ
ザ ザ ザ ザ ザ ザ ザ ザ ザ ザ ザ ザ ザ ザ ザ ザ ザ ザ
ザ ザ ザ ザ ザ ザ ザ ザ ザ ザ ザ ザ ザ ザ ザ ザ ザ ザ
ザ ザ ザ ザ ザ ザ ザ ザ ザ ザ ザ ザ ザ ザ ザ ザ ザ ザ
ザ ザ ザ ザ ザ ザ ザ ザ ザ ザ ザ ザ ザ ザ ザ ザ ザ ザ
ザ ザ ザ ザ ザ ザ ザ ザ ザ ザ ザ ザ ザ ザ ザ ザ ザ ザ
ザ ザ ザ ザ ザ ザ ザ ザ ザ ザ ザ ザ ザ ザ ザ ザ ザ ザ
ザ ザ ザ ザ ザ ザ ザ ザ ザ ザ ザ ザ ザ ザ ザ ザ ザ ザ
ザ ザ ザ ザ ザ ザ ザ ザ ザ ザ ザ ザ ザ ザ ザ ザ ザ ザ
ザ ザ ザ ザ ザ ザ ザ ザ ザ ザ ザ ザ ザ ザ ザ ザ ザ ザ
ザ ザ ザ ザ ザ ザ ザ ザ ザ ザ ザ ザ ザ ザ ザ ザ ザ ザ
ザ ザ ザ ザ ザ ザ ザ ザ ザ ザ ザ ザ ザ ザ ザ ザ ザ ザ
ザ ザ ザ ザ ザ ザ ザ ザ ザ ザ ザ ザ ザ ザ ザ ザ ザ ザ
ザ ザ ザ ザ ザ ザ ザ ザ ザ ザ ザ ザ ザ ザ ザ ザ ザ ザ

ザザザザザザザザザザザザザザザザザザザザッ。

空間に、亀裂が走った。

「なっ……!?」

これに驚いたのはアリシアだった。

亀裂はどこでもなく、自分達の傍に現れる。一体何故？　今まで理想を渇望した瞬間にしか現れなかったというのに。

続くように、フィルやアビ、シャナも表情に驚きが浮かんでいく。

だが、そんな四人を無視して、亀裂から輪郭すら目視するのが難しい一人の白い少女が姿を見せた。

ゆっくりと、本当にゆっくりと。体にノイズを走らせながら、カルアへと近づく。

【……いいの？】

少女《まじょ》はカルアの下へ赴き、カルアを見下ろしながら口にした。

【……本当に、いいの？】

何が？　と、恐らくこの場にいる全ての者が疑問に思っただろう。

魔女に近いアビですら、魔女と友人のシャナですら、言葉の意図には気がつかなかったはず。

しかし、カルアだけは。

「いい、わ」

にっこりと、精一杯の笑みを浮かべた。

「こん、な……理想《しあわせ》をもらえば、もう充分……だ、わ……」

証《ゆびわ》をもらった。

これ以上、何が手に入れば己の理想は叶えられたというのだろうか？

もう充分だ。こんな証をもらったのに、あるかも分からない上を求めるなど馬鹿らしい。

己が、こんなにも満たされているというのに。

【……ありがと】

少女《まじょ》は、確かに笑った。

輪郭も造形も分からないというのに何故か笑ったような雰囲気を感じた。

その証拠に、シャナが恩恵の手を緩めずに瞳から涙を浮かべる。

「やっと、笑った……」

【……どうして、泣くの？】

「な、泣いてないっ！」

両手が塞がっているから、手を拭って誤魔化すこともできない。代わりに、横にいるアビが指でシャナの涙を拭った。

その時だった。徐に魔女の薄い体が光の粒子となって天に昇り始める。

「えっ……？」

涙を浮かべながら、シャナは呆けたような声を出す。

それでも、魔女の女の子は驚くこともなくポツリと、呟いた。

【……ありがと】

「ね、ねぇ……体が。早く亀裂に戻らないと――」

【……ありがと、シャナ】

粒子になっていく体のまま、魔女がシャナへと手を伸ばした。

傍から見れば、アメジストの髪を際立たせる神秘さを感じさせる絵画のよう。

現れてはすぐに、光の粒子になり始める。

この場にいるアリシアは、あまりの急展開に思考がついていけなかった。

今まで魔女は理想を渇望する人間に魔力を与えると、すぐに亀裂の中へと戻っていった。いつぞや、リリィ・ライラックという王女の前に現れた時も、本人以外と会話をすることなく消えていってしまった。

それなのに、今回は違う。

亀裂に戻ることなく、シャナという少女の名前を呼び、そして――

【……私は、満たされたよ】

ただ一言、誰に言うわけでもなく魔女は口にした。

光の粒子は止まることなく天へと昇り続け、やがて薄かった体は透明とまで言えるぐらいのものとなる。

「……そっかぁ」

シャナ・サイルナは涙を流した。

しかし、堪えるような笑顔を向けて最後に、一言。


「じゃあね、●●●●」

【……バイバイ。私の、お友達】


消える。魔女が、消える。

姿も形も、声も現れた亀裂も、光の粒子と混ざりながら消えていく。

誰もが天を見上げ、言葉を発せず、ただただ静寂がこの場を支配した。

「シャナ」

心配そうに、沈黙を初めて破ったアビがシャナへと顔を向ける。

その時、シャナは嗚咽を堪えながら小さく口にしたのであった。

「終わったよ」

けれども、涙は流し続ける。

「終わったん、だよ……ッ！」

魔女は理想を渇望する者に魔力という叶える手段を与える。

であれば、魔女が叶えたかったものはなんなのだろうか？

ふと、アリシア・アメジスタは思った。

『魔女は誰かの理想を叶えてあげたかった、優しい子なんじゃないかな』

であれば、そんな子が満たされる瞬間は——きっと、誰かの理想が叶った時なのだろう。

エピローグ

大聖堂を襲った一連の事件も、一ヶ月が経てばあらかたの収束は見せてしまう。

襲撃犯の主犯であるシャナ・サイルナは驚くことに何もお咎めがなかった。聖女として今まで通りの立場で教会に残るそう。

何故お咎めがなかったのか？　それはアリシアという教皇が誰かの過《あやま》ちにチャンスを与える人間だったからだろう。

一緒に関係者や信徒へ謝りに向かい、再起できるよう教会内での懲罰を与えて、修繕費用を払って終わった。

あまりにも軽すぎる。身内びいきだ。なんて各国からの反発ももちろんあったのだが、アリシアは押し通した。

その背景には、シャナが信徒からの人望が厚かったというのもある。

『友愛』の聖女と呼ばれるぐらいだからか、皆が謝ったシャナのことを快く許し、再び聖女に戻ることを強く勧められた。

本人は教会から出て行き、牢屋で一生を過ごすことを望んでいたのに。

――現実を直視しろ。

アリシアがシャナ・サイルナに与えた、教皇としての罰であった。

そして、問題なのはアビ・ビクランという『英雄』の存在だ。

死人として扱われていた人間が実は生きていた。これは教会ではなく、王国としての問題。

しかしながら、それも大したことにはならなかった。

フィルやカルア、アリシアしかアビ・ビクランが生きているのだと知り、誰もその姿を見ていなかったからこそだろう。

三人としても広める気など一切なく、アビ・ビクランは再び裏の世界へ死人として戻る。

『ありがと、フィル……やっぱり、僕はシャナの傍にいたいからさ』

別れ際、そんな言葉を言われたのが記憶に新しい。

本当はフィルとしても王国に戻り、一度でいいから両親に会っていけと言いたかった。

だが、ここからはアビ自身の問題だ。本人がどうするかは、いくら親友といえど口を挟めるものではない。

ただ、シャナのことを守りたいとはいえ――

魔術が使えなくなったというのに、一体どうやって守る気なのだろう？

それだけが、フィルの中で心配してしまうものだった。

そして、現在。

教皇就任式という再び行われるイベントに出席せずに帰宅し、日常へと戻っていったフィルはというと――

「なぁ、カルア。なんか一ヶ月経っても新聞の内容変わんないんだけどネタ切れかなぁ～？」

とある朝方のこと。

いつものように執務室で「さぁ、仕事しなきゃぐすん」な気持ちになっていたフィルは新聞を広げてそんなことを口にする。

視線の先には、紅茶を淹れる一人のメイドの姿。

赤い髪を揺らし、気の抜けた声を発する主人へ向けて興味なさそうな反応を見せる。

「それしかないというより、それを上回るネタがないんでしょ」

「いや、まぁそうなんだけど……そんなに驚くことかね、魔術師がいなくなったことに」

新聞を畳み、机に放り投げるフィル。

そこへ、カルアが淹れたてのコーヒーをそのまま机の上に置いた。

「普通は驚くことなのよ、普通はね。世の中、どれだけ魔術師が影響を与えてきたと思ってるの？私達は当事者だったからまだ納得できたけど、他の魔術師も池の中の鯉さんも信じられない話なんだから」

魔女は消えた。理想を叶えた者が現れたから。

魔力の供給源である魔女が消えれば、多くの魔術師の魔力もなくなり、必然的に魔術師ではなくなる。

もしも、あの一件に大きな問題があったとすれば、魔女を満たして魔術師を消してしまったことだろう。

しかし、誰が悪いわけでもない。

シャナが魔女の救出を願ったから？　アリシアが遺物を渡さなかったから？　違う。

元より、これが先着順のレースだったというだけだ。

遅かれ早かれ、この世にいる魔術師の中で誰かが理想を叶え、魔術師が魔女と一緒に消えていったことだろう。

だから、誰が悪いというわけではない。

「……まぁ、今はまだ落ち着いた方か。色々問題が出てきたことはあるだろうけど」

「雇われの魔術師はこれから大変でしょうね。新しい仕事探してって……あ、そういえばイリヤはそのままリリィ様のメイドを続けるみたいね」

「すっかりメイド業が板についちゃってまぁ。いかがですか、指導した先輩メイドとしては？」

「メイド業の素晴らしさを知ってもらえて嬉しいわ」

「どうせリリィの傍から離れたくないだけなんだろうがな」

フィルはボーッと窓の外を覗く。

心地のいい朝だ、世間が騒がしい一方で、今日のサレマバート領は平和を体現したかのように心地よい朝を迎えている。

「とはいえ、おかげでギャラリーさんもいなくなって喜ばしい限りだ。少し前まではあそこに押し寄せる領民の姿があったんだが……うーん、プライバシーさんおかえり！」

「その代わり、ファンレターは届いてるけどね」

「……おかしい。俺はもう『影の英雄』なんかじゃないのに」

不思議だ、と。首を傾げるフィル。

しかし、フィルは知らない。その集まったファンレターの大半が「お疲れ様でした」と、今までの功績を労《ねぎら》っていたものだということを。

言った方がいいかしら？　手紙を纏めていたカルアはどうしようか悩んだ。

とはいえ、別に今すぐでなくてもいいだろう。カルアは棚から一冊の冊子を取り出して徐《おもむろ》に読み始める。

「何読んでんの？」

紅茶を口に含むフィル。

「式場の下調べ」

「ぶほっ!?」

そして吐いた。

「ばっちぃわね。そういうのに需要があるのは多分私だけよ？」

「けほっ、けほっ！　あ、相棒の新しい性癖にお兄さんちょっと戸惑っちゃった……」

カルアに布巾《ふきん》を渡され、口元を拭うフィル。

そこへ、いたずらめいたカルアが隣に寄り添うようにフィルと肩を合わせた。

「けど、式場調べは重要だと思うの。呼ぶ人数によっては広さも確保しなければいけないわけだし」

「あら、先にそう望んだのはフィルの方だったと思うのだけれど？」

「よ、よく考えたら婚約すっ飛ばして結婚っていうのも斬新だよね」

「…………」

確かに言ったな、と。フィルの顔が真っ赤に染まる。

それがおかしく、カルアは嬉しそうにフィルの頬を何度もからかうように突いた。

「ねぇー、そういえば私、あなたからちゃんと気持ち聞いてないー」

「はぁっ!?　ちゃんと言っただろ、あん時!?」

「結婚してくれって言われただけで、気持ち自体は聞いてませーん！」

言っていないと言えば言っていない。

今思い出してみれば告白こそしたものの、想いを伝えたのはカルアの方であった。

しかしながら、男という生き物は素直に想いを口にしてしまうのは恥ずかしく思ってしまう生き物でして。

からかってくるカルアの指を受けても、中々口が開けなかった。

だが、それもすぐに――

「だぁーっ！　もう、分かったよ！」

カルアの顎を摑んで、そのまま唇を塞いだ。

「こ、これでいいだろ……」

少しして、顔を離したフィルが更に顔を真っ赤にしてそっぽを向く。

カルアは茫然と、塞がれた唇の感触を確かめるように指でなぞった。

そして、そのあと……花の咲く、歳相応の眩しい笑顔を見せるのであった。


「うんっ！」


巷で有名な『影の英雄』。

陰ながら誰かを助け、人知れず多くの人間を救ってきた。

時に戦場で聖女を救い、時に貢献に追い込まれた第三王女を救い、魔女を巡る争いの渦中で拳を握った。

もう、あの頃のような力は『影の英雄』にはない。

誰かを救いたいと願っていても、誰かを救えるような手段も力も持ち合わせてはいない。

それでも、きっと。

これからも『影の英雄』は己の理想《じゆう》に従って誰かを助けていくのだろう——

「……カルア、紅茶もう一杯」

「キス一回と交換ね」

「辱める気ッ!?」

　これは、そういうお話。

『影の英雄』が、正体が露見しても誰かのために拳を握っていく話。

そういうお話に、大きくて綺麗な、誰もが拍手を送るような幕は、無事に下ろされたのであった。

～完～

あとがき

初めましての方は初めまして、お久しぶりの方は本当にお久しぶりです。楓原こうたです。

遂に、『俺は影の英雄じゃありません！』が無事完結いたしました！

ここまでお付き合いしていただいた読者の方々、まずはありがとうございます。

一年半ほどまえからカクヨムにて投稿していた本作。一巻分しか書いていなかったため、二巻、三巻目はほぼ全て書き下ろしで……いやー、ほんと大変でした（棒）。

ですが、こうしてここまで書き切れて本当に嬉しいです！　特にカルアとフィルの最後までが描けてとても満足しております！

せっかくなので、完結ということもあり本作の振り返りを――

この物語はフィルの物語ではなく、魔女の物語です。

初めは「実は影ながら誰かを助けていた人が身バレしたら面白いよねー」から始まった作品ですが、根幹は違うところにあります。

人が誰しも持っている願望。そこにどれだけの執着と熱望を見出しているか。

そして、見出した人間が『実際に叶えられるほどの力を手に入れた場合、どうするか？』というそれぞれの生き方が本作になっております。

例えば、本作の主人公であるフィル・サレマバート。

彼の理想は『自由』。自由に生きるために自由を求めている男の子です。

そのため、自堕落な生活を送って皆から嫌われても己のスタイルを変えませんでした。

しかし、その理想に紛れた優しい心は、フィルを『影の英雄』とまで呼ばせるようになったのです。

――己が自由でいるからこそ、相手の自由も守りたい。

彼の魔術を手に入れた生き方は、正しくこれでした。


次にカルア・スカーレット。

本作のメインヒロインは『寄り添い』という理想でした。

自分が寄り添ってもらえなかった経験から、そんな感情を味わわせたくないから寄り添いたい。

そして、寄り添うなら己が将来『寄り添いたい』と思えるような人に。

魔術を手にした彼女は、『影の英雄』と呼ばれる男の傍に居続けるために使われました。


本作では、色々な魔術師が登場してきました。

『正義』を理想とした聖女。『飛翔』を理想とした元雇われ人。『探求』を理想とした王女。

他にも様々なキャラクターが出てきましたが、どのキャラクターも全て各々に叶えたい願いが存在しております。

そんな願いを叶えるために、魔女という女の子は生まれた。

誰かの理想を叶える手伝いがしたい。誰かの願いが叶ってほしい。

本来であれば叶えられないはずの理想を汲み取るための存在——この物語は、そういうお話です。


当初はこのような設定はなかったのですが、改めて形にしてみると「やはり魔女のお話だな」と実感しております。

もちろん、本作の主人公はフィル・サレマバート。

彼を中心に繰り広げられる、ドタバタで優しく、かっこいいお話になっております。

それを最後まで描けたことには、本当に感謝しかございません。


さて、ここからは作者も読者側に回ります。

なんと、本作の発売に先駆けてコミカライズがスタートしました！　一足先に少しだけ読ませてもらいましたが、改めて漫画としてフィル達の姿が見られて感動しております。

ただ、漫画を担当してくださったS．濃すぎ先生には少し申し訳ないと……やっぱり、コメディ多かったですよね（汗）。

ただ、先生は本当に素晴らしく！　コメディ部分は笑えるし戦闘シーンはかっこいいし……ッ！

ここからは、本当に僕も続きを楽しみにする読者です。

是非とも、漫画版のフィル達をよろしくお願いいたします。

最後にはなりますが、改めて読者の方々には最後までお付き合いしてくださったお礼を。

ここまで私を書かせていただいた担当様とイラストレーター様、並びに関係者の方々にも感謝を。

また、どこかの機会でお会いできる日を心待ちにしております。

皆さま、ありがとうございました。

大人のエンタメ、ど真ん中!
SQEX ノベル 毎月7日発売
SQEXノベル
片田舎のおっさん、剣聖になる
〜ただの田舎の剣術師範だったのに、大成した弟子たちが俺を放ってくれない件〜
著者：佐賀崎しげる
イラスト：鍋島テツヒロ
万能「村づくり」チートでお手軽スローライフ
〜村ですが何か?〜
著者：九頭七尾
イラスト：イセ川ヤスタカ
私、能力は平均値でって言ったよね!
著者：FUNA　イラスト：亜方逸樹
悪役令嬢は溺愛ルートに入りました!?
著者：十夜　イラスト：宵マチ
逃がした魚は大きかったが釣りあげた魚が大きすぎた件
著者：ももよ万葉
イラスト：三登いつき
●誤解された『身代わりの魔女』は、国王から最初の恋と最後の恋を捧げられる
●転生したら最強種たちが住まう島でした。この島でスローライフを楽しみます
●転生幼女は前世で助けた精霊たちに懐かれる　他

GC UP!
毎月7日発売
悪役令嬢は溺愛ルートに入りました!?
原作：十夜・宵マチ　作画：さくまれん
構成：汐乃シオリ
失格紋の最強賢者
～世界最強の賢者が更に強くなるために転生しました～
原作：進行諸島（GAノベル／SBクリエイティブ刊）　漫画：肝匠&馮昊（Friendly Land）
キャラクター原案：風花風花
神達に拾われた男
原作：Roy　漫画：蘭々
キャラクター原案：りりんら
転生賢者の異世界ライフ
～第二の職業を得て、世界最強になりました～
原作：進行諸島（GAノベル／SBクリエイティブ刊）　漫画：彭傑（Friendly Land）
キャラクター原案：風花風花
お隣の天使様にいつの間にか駄目人間にされていた件
原作：佐伯さん（GA文庫／SBクリエイティブ刊）　原作イラスト：はねこと
作画：芝田わん　構成：優木すず
ここは俺に任せて先に行けと言ってから10年がたったら伝説になっていた。
原作：えぞぎんぎつね（GAノベル／SBクリエイティブ刊）　漫画：阿倍野ちゃこ
ネーム構成：天王寺きつね　キャラクター原案：DeeCHA
勇者パーティーを追放されたビーストテイマー、最強種の猫耳少女と出会う
原作：深山鈴　漫画：茂村モト
マンガUP!
毎日更新
●「攻略本」を駆使する最強の魔法使い ～<命令させろ>とは言わせない俺流魔王討伐最善ルート～　●おっさん冒険者ケインの善行　●魔王学院の不適合者 ～史上最強の魔王の始祖、転生して子孫たちの学校へ通う～
●二度転生した少年はSランク冒険者として平穏に過ごす ～前世が賢者で英雄だったボクは来世では地味に生きる～　●異世界賢者の転生無双 ～ゲームの知識で異世界最強～
●冒険者ライセンスを剥奪されたおっさんだけど、愛娘ができたのでのんびり人生を謳歌する　●落第賢者の学院無双 ～二度目の転生、Sランクチート魔術師冒険録～　他
©Roy　©Saekisan/SB Creative Corp.　©Shinkoshoto/SB Creative Corp.
©Suzu Miyama　©Ezogingitune/SB Creative Corp.

SQEX/ノベル

俺は影の英雄じゃありません！
世界屈指の魔術師？……なにそれ（棒）3

著者
楓原こうた

イラストレーター
へいろー

2023年12月7日　初版発行

発行人
松浦克義

発行所
株式会社スクウェア・エニックス
〒160−8430
東京都新宿区新宿6−27−30　新宿イーストサイドスクエア
（お問い合わせ）スクウェア・エニックス　サポートセンター
https://sqex.to/PUB

印刷所
図書印刷株式会社

担当編集
鈴木優作

装幀
大城慎也

本書は、カクヨムに掲載された「俺は影の英雄じゃありません！
世界屈指の魔術師？……なにそれ（棒）」を加筆修正したものです。

この作品はフィクションです。
実在の人物・団体・事件などには、いっさい関係ありません。

ISBN978-4-7575-8951-3　C0093　　Printed in Japan